Ilona Focali

Im Urlaub ist es nie langweilig

via nova

Verlag Via Nova

ILONA FOCALI

Im Urlaub ist es nie langweilig

vianova
Verlag Via Nova

1. Auflage 2020
Verlag Via Nova, Alte Landstr. 12, 36100 Petersberg
Telefon: (06 61) 6 29 73
Fax: (06 61) 96 79 560
E-Mail: info@verlag-vianova.de
Internet: www.verlag-vianova.de
Umschlaggestaltung: Guter Punkt, München
Satz: Sebastian Carl, Amerang
Druck und Verarbeitung: C.H. Beck, 86720 Nördlingen

ISBN 978-3-86616-482-6

Zum 95. Geburtstag
meiner lieben Mutter

Gewidmet
unserem gesamten Familienclan,
der immer wieder
für neue Situationskomik sorgt

Vorwort

Eigentlich will ich seit Jahren ein Buch schreiben mit all den lustigen, weniger lustigen, aufregenden, anstrengenden Geschehnissen und den vielen „Das-geschieht-wieder-mal-nur-uns“-Erlebnissen, mit all den Geschichten, die das Leben schreibt und die so interessant sind, dass man sie wirklich aufschreiben sollte. Weil sie uns verändern und weil sie vielleicht auch anderen eine Hilfe sein können, das Leben etwas leichter und humorvoller zu nehmen – und verständnisvoller, wenn man anfängt, mit dem Herzen zu schauen. Nichts geschieht zufällig, davon bin ich heute überzeugt, und jedem Augenblick liegt eine Chance zugrunde, etwas zu verändern oder gar einen Neuanfang zu wagen. Mit diesem Buch möchte ich aber auch einfach nur etwas Sonne und Lachen in den Alltag bringen. Nach dem Lesen dieses Buches nimmt man die Dinge nicht mehr so tierisch ernst. Man geht erfrischt und mit einem äußerst positiven Adrenalinschub wieder in den Alltag.

Jetzt, genau in diesem Augenblick, verspüre ich die unbändige Lust, solch ein Buch zu schreiben. Diese Momente gab es schon öfter in den vergangenen Jahren, aber nie habe ich dieses innere Drängen so stark verspürt wie jetzt. Es lässt keinen Aufschub zu. Man setzt sich hin und fängt an und dann fließt es von allein. Dann ist es einem auch egal, ob die Sternenkonstellationen auf „Pluto-Mars-Saturn-Quadrat mit rückläufigem Merkur" stehen und die Freundin sagt: „Da kannst du doch nicht mit einem Buch starten!" Aber ehrlich gesagt weiß ich nicht einmal, wie die Sterne im Moment zueinander stehen. Ich fühle nur eine große Freude und fange an zu lachen, wenn ich an all die lustigen Situationen denke, die ich hier niederschreiben will. Glauben Sie mir, das Material reicht für mehrere Bücher! Und das Leben liefert ständig neues Material. Wie oft habe ich gedacht: „Oh, das muss ich aufschreiben", und habe es dann doch nicht getan. Aber sie sind alle in meinem Herzen, all diese Episoden, wie auf einer Perlenkette aufgereiht, ganz bunt, und sie steigen wie Seifenblasen auf in mein Gehirn. Und ich muss auch nicht der Reihe nach schreiben. Ich fange einfach an …

Jedes Jahr sind wir mit den Kindern in der Türkei gewesen, zusammen mit meinem Vater, der ein Meister der Situationskomik war und kein Fettnäpfchen ausließ. Die Kinder, eine Tochter und zwei Söhne, sind inzwischen erwachsen und verheiratet und fahren nicht mehr mit uns in Urlaub. Ich denke aber, dass dies bald anders werden wird, sehr bald schon, denn Enkelkinder wachsen aus dem Babyalter heraus und dann können wir wieder Familienurlaube veranstalten.

Und natürlich wird es nicht wie früher sein. Es wird anders sein. Mein Mann ist jetzt der Großvater. Der Großvater von damals, mein Vater, ist nicht mehr dabei, jedenfalls nicht sichtbar. Ich bin mir aber trotzdem ganz sicher, dass er nach wie vor ordentlich mitmischt. Er ist mit dreiundneunzig Jahren verstorben. Bis zum Schluss war er ein liebenswerter Komiker und ein wichtiger Teil unserer Familienreisen, der stets für unvergessliche Momente sorgte, über die wir alle uns heute noch biegen vor Lachen.

Meine Mutter, inzwischen stolze fünfundneunzig Jahre alt, vertrug die Hitze in der Türkei nicht so gut und erst recht nicht den Rummel, den unsere Familie veranstaltete. Sie genoss lieber die Ruhe zu Hause, versorgte Haus, Garten, Hund und Katzen und freute sich auf all die vielen Bücher, die sie lesen wollte. Zum Sommer-Familienclan gehörten auch meine Schwiegermutter, Gott hab sie selig, und Tante Vim, die Schwester meines Mannes. Auch Onkel Ok, der Bruder, gehörte mit seinen „Blitzbesuchen" in gewisser Weise ebenfalls dazu. Jeder in dieser Familie ist ein Unikat, ich selbst sicherlich inbegriffen. Aber zusammen sind wir ein Tsunami, wo wir auftauchen. Die Freundin unserer Tochter, die wir öfters mitnahmen, erzählt heute noch lachend von unserem Besuch in einer Boutique in Istanbul, wo die Verkäufer vor Erstaunen Mund und Augen aufrissen und hilflos mit den Schultern zuckten, als sich der gesamte Sommer-Familienclan in alle Bereiche des Geschäfts verteilte, wie Flutwasser in den Prielen an der Nordsee, und gezielt Kleidungsstücke aus den Regalen zog, denn jeder wusste, was ihm stand. Was einem nicht stand, wurde sowieso sofort vom Rest der Familie mit Lachsalven lautstark kommentiert. Anschließend hatte man keine Lust mehr auf das Teil, mochte es noch so schön sein.

Nach dem Motto: „Ich brauche nichts", behängte mein Vater sich derweil mit allen möglichen Kleidungsstücken, stellte sich dann als Model im Schaufenster in Pose und verlangte lautstark, dass man ihn so fotografierte. Nach geraumer Zeit verließen wir dann den Laden wieder, beladen mit unzähligen Tüten, und alle waren zufrieden und glücklich – auch die Verkäufer!

Von nun an erkannten uns die Angestellten dieser Boutique immer sofort, wenn wir das Geschäft betraten, und ließen uns gewähren in Erwartung einer beträchtlichen Summe, die etwas später über den Ladentisch gehen würde. Und falls sich mal ein neuer unter den Verkäufern befand, wurde er von den übrigen sofort zurechtgewiesen: „Nö, lass die mal ruhig machen. Die machen das immer so!“ Sie hatten derweil ihren Spaß mit meinem Vater. Wir haben nie verstanden, wie mein Vater sich stundenlang mit den Leuten unterhalten konnte, obwohl er nur zwei Worte auf Türkisch kannte, die er auf gar keinen Fall verwechseln durfte: *Ekmek* für Brot und *Eshek* für Esel. „Alte Landsersprache!“, sagte er dann nur kurz. Und auf unsere fragenden Blicke fügte er noch hinzu: „Na ja, so haben wir uns im Krieg in anderen Ländern verständigt. Kikeriki für Hähnchen oder für ein Ei“, und er bildete mit den Fingern eine Eiform, wobei er wie ein Huhn mit seinen angewinkelten Ellbogen flatterte. „Und Muh für Milch“, sagte er und hob einen imaginären Becher an die Lippen. „Klappt immer!“, versicherte er und lachte.

Nach einem solch anstrengenden Einkaufsbummel gingen wir anschließend meist in ein Restaurant essen. Neun Personen, die einen Tisch belegen und dann mindestens noch dreimal aufstehen, weil der Tisch da drüben oder der dort hinten viel besser ist – solch eine Familie bleibt allen unvergessen, erst recht, wenn das mit einem reichlichen Trinkgeld verbunden ist …

Jedes Mal, wenn all die vielen lustigen Episoden in meiner Erinnerung auftauchen, denke ich: „Das alles musst du endlich mal aufschreiben“, und kichere in mich hinein. Und da ich inzwischen in ein Alter komme, von dem man sagt, dass immer mehr alte Erinnerungen hochkommen, ist es jetzt vielleicht wirklich an der Zeit, sie endlich einmal niederzuschreiben.

Der Anblick einer leeren Abflughalle – zwanzig Minuten vor Abflug – versetzt sicherlich jeden in einen Schockzustand. Wir standen da und erstarrten. Für einen Moment Gehirnleere, Schweißausbrüche, kalte Hände. Dann: "Das kann nicht sein, so was geschieht anderen Leuten, aber nicht uns."

„Du musst ja immer so rumtrödeln", sagte mein Mann, obwohl doch eigentlich *er* noch gemütlich eine Tasse Kaffee trinken wollte, und rannte auch schon los, rüttelte an verschlossenen Glastüren – nichts und niemand. Das gibt es doch nicht …

Das war doch Gate 31, oder nicht? Klar, und auf den Bordkarten stand auch Gate 31, sogar eingekreist von der Stewardess des Abfertigungsschalters. Aber wieso war denn hier niemand – jetzt, zwanzig Minuten vor Abflug?

Vier junge Mädchen kamen und setzten sich hin, in aller Ruhe. Ich wollte sie fragen, aber das ging nicht, da mein Mann bereits um die nächste Ecke gebogen und inzwischen außer Sichtweite war. Ich hastete hinterher mit unserem kleinen Hund, den wir erstmalig in unseren Türkeiurlaub mitnahmen. Zum Glück hatte ich den kleinen Kerl noch nicht in seine Reisetasche verfrachtet, denn mit vier Kilo in einer großen Tasche ist das beim Rennen doch sehr hinderlich.

Ich bog um besagte Ecke und atmete erleichtert auf. Da stand mein Mann, etwas ratlos, denn der Weg gabelte sich hier in drei Richtungen. Just in dem Augenblick kam ein Flughafenangestellter eilig vorbei, den ich anhielt. Mit der anderen Hand erwischte ich gerade noch den Ärmel meines Mannes.

„Entschuldigen Sie bitte, hier steht doch Gate 31 für den Flug der Turkish Airlines nach Istanbul. Aber dort ist niemand und alle Türen sind verschlossen. Die Maschine fliegt doch erst um 14.45 Uhr, also in einer Viertelstunde. Die kann doch noch nicht abgeflogen sein …?“

„Na, dann schauen wir mal auf die Tafel“, und sein Blick ging nach oben – unserer auch.

„Ist kurzfristig geändert worden auf Gate 44. Jetzt aber los! Sind ein bisschen spät dran, oder? Boarding war doch schon um 14.05 Uhr …“

„Danke!“, sagte ich und wir hechteten los – unser Hund fand das klasse.

14.05 Uhr …? Da warteten wir noch mit dem O-Saft an der Kasse, weil die Bedienung zum Klo musste und dann endlich mit einem „Sorry“ die drei Leute bediente, die vor uns warteten. Es war wohl auch nicht ihr bester Tag, denn das dauerte und dauerte … Dann steuerten wir endlich, ich mit meinem O-Saft-Glas in der einen Hand, in der anderen Handtasche, Hundetasche und Leine – mein Mann hatte auf seinen Kaffee verzichtet, weil eh keine Bedienung da war –, auf eine freie Sitzgruppe zu.

Kurz bevor wir den Tisch erreicht hatten, machte mein Mann abrupt auf seinem Absatz eine Kehrtwendung und zischte mir im Vorbeigehen zu: „Da vorne sind … na, du weißt schon, der Zahnarztkollege mit seiner Frau, die damals im Computerunterricht den PC der gesamten Firma zum Absturz gebracht hat ... wie hieß die noch mal?“

„Sandra“, sagte ich, „und sie hat damals nicht den PC zum Absturz gebracht, sondern die Festplatte der ganzen Firma gelöscht.“

„Na eben, die meine ich ja. Die fliegen sicher auch in Urlaub. Hab aber jetzt keine Lust, die zu treffen ...“, zischte er und war schon um die nächste Ecke zu einer anderen freien Sitzgruppe geeilt.

Endlich saßen wir, der Hund bekam etwas zu trinken und ich hatte gerade meinen Strohhalm im Mund, als ich so ein ungutes Gefühl im Bauch verspürte.

„Sag mal, wie spät ist es eigentlich?“, fragte ich meinen Mann.

Meine Uhr hatte ich an Weihnachten irgendwo in Berlin verloren und die Ersatzuhr war in meiner Handtasche, denn der fehlte ein Zeiger.

„Das reparieren die dir in Istanbul im Handumdrehen mit links“, hatte mein Mann gesagt. „Nimm die mal mit.“

Es war die Uhr, die ich von meiner Großmutter zur Kommunion bekommen hatte, und solche Uhren, geschweige denn solche Zeiger, gibt es heute gar nicht mehr, aber scheinbar wohl doch noch in Istanbul.

„14.25 Uhr, warum? Wann geht der Flug?“

„14.45 Uhr ...“

„Was? Ich denke, um 15.45 Uhr?“

„Da hast du mal wieder nicht richtig zugehört“, lag mir auf der Zunge, aber ich schluckte es mit dem restlichen O-Saft hinunter. Mein Mann hätte es sowieso nicht mehr gehört, denn er war schon aufgesprungen und losgespurtet in Richtung: „Das muss da vorne sein."

„Welches Gate war das noch mal?", kam atemlos von vorne.

„31", kam von hinten, genauso atemlos, denn ich versuchte, mit seinem Tempo mitzuhalten – der Hund fand das klasse. Endlich mal ein Spiel, das ihm gefiel.

Da war es endlich – Gate 31 –, aber wie ja vorher schon erwähnt, war die Halle leer, und der Auskunft des Flughafenbeamten folgend, standen wir dann ein paar Minuten später tatsächlich endlich am Gate 44 – aber da war auch niemand mehr.

Kein Wunder, denn inzwischen war es 14.40 Uhr.

Aber nein, da – ganz weit vorne an der Glastür – stand eine kleine Stewardess!

„Halt, wir müssen auch noch mit!", riefen wir atemlos und legten noch an Tempo etwas zu. Hundchen bellte freudig – das Spiel gefiel ihm richtig gut.

„Auf Sie warten wir schon", lächelte sie und riss die Bordkarten ab.

„Der Hund muss aber in die Tasche", fügte sie hinzu.

„Ja, ja, machen wir gleich – im Bus", und schon waren wir die Treppe runter.

Da stand der Zubringerbus, der die Nachzügler noch aufsammelte. Wir waren also nicht die Einzigen.

„Der Hund muss aber in die Tasche", sagte der Busfahrer.

„Kann ich gleich im Bus machen – hat die Stewardess gesagt …"

Stimmte zwar nicht ganz, aber dementiert hatte sie es auch nicht.

„Nicht, dass der hier im Bus rumläuft." Sein Kontrollblick verweilte auf uns und der Hundetasche, bis Hundchen problemlos in der Tasche Platz genommen hatte und der Reißverschluss zugezogen war.

Zum Glück hatten wir das mit der Reisetasche seit einem Monat täglich geübt. Hundchen *vor* die Tasche: „Sitz!" Zwei Leckerlis hinten in die Tasche hinein: „Such!" Die Suche war immer erfolgreich. Irgendwann wurde dann der Reißverschluss zugemacht – und wieder auf. „Komm! Gut gemacht!" Streicheln und ein Leckerli. Allerdings war er nie für längere Zeit in der Tasche gewesen, unser kleiner weißer Chihuahua-Rüde, und so waren wir heilfroh, dass das jetzt so problemlos vonstattenging – die zwei Leckerlis hatte er bereits gefunden.

Worauf wartete denn der Bus noch?

Da kamen sie – die vier Mädels von Gate 31 zusammen mit der Stewardess. Also, da hätte man sich doch einfach nur dazuzusetzen brauchen … Egal, wir waren im Bus, vom Flugzeug trennten uns nur noch ein paar hundert Meter. Tief durchatmen … Vollbremsung – vor uns stand ein großes Gefährt ohne Fahrer, das uns für weitere fünf Minuten vom Flugzeug fernhielt.

„Welche Sitznummer?", fragte der Steward am Busausstieg, als wir denn endlich am Flugzeug angekommen waren.

„33 A und 33 B."

„Hinten hoch", und wir hechteten die Treppe hoch. Hundchen fand das Spiel nun gar nicht mehr lustig und balancierte in seiner bedrohlich schwankenden Tasche wild herum.

Letzte Reihe. Fensterplatz, zum Glück!

Ich weiß nicht, ob das Flugzeug auf die Größe türkischer Menschen ausgerichtet war, die meist wirklich von der Statur her kleiner sind als viele Deutsche, oder ob mir das nur heute auffiel, sodass ich froh sein konnte, kurze Beine zu haben – mein Mann übrigens auch (ist ja sowieso ein türkischer Deutscher). Jedenfalls war nicht ansatzweise daran zu denken, die Hundetasche auf den Boden zu befördern. So füllte sie nun den gesamten Raum von meinem Schoß bis zum Vordersitz und zu meinem Hals aus. Den Gedanken, dass ich so eingepfercht jetzt an die drei Stunden würde sitzen müssen, schob ich mal ganz schnell zur Seite.

Nur der Augenblick zählt! Und in diesem Augenblick saßen wir im richtigen Flugzeug, hatten es geschafft, atmeten tief durch, schauten uns an und mein Mann sagte: „Gute Reise, Süße!"

„Gute Reise, Schatz!", entgegnete ich.

Das Flugzeug startete und meine Hand streichelte Hundchen durch eine kleine Klappe, die sich oben an der Tasche öffnen ließ. Es dauerte eine kleine Weile, bis ich dem kleinen Mann darin klar gemacht hatte, dass dies kein Ausgang und auch kein Notausstiegsloch war, sondern eine Trösterchenluke, durch die manchmal sogar ein Leckerli gereicht wurde, wenn man denn schön lieb war, das hieß, ruhig blieb. Und er machte das so gut, er war richtig artig. Die Valeriana-Globuli waren wirklich eine gute Idee unserer Tierärztin gewesen.

Wie wir das Thema Essen bewerkstelligten, weiß ich gar nicht mehr. Ich glaube, mein Mann brachte das Wunder fertig, das Essen für zwei Personen auf einem Tablett zu verteilen. Jedenfalls ging es besser als gedacht.

Unser Hund war wirklich großartig! Immerhin war er heute auch schon mit einem Zug gefahren – zum allerersten Mal in seinen neun Lebensjahren.

Angesichts der vielen Staus auf den Straßen hatten wir uns kurzfristig entschlossen, nicht mit dem Auto, sondern diesmal mit dem Zug zum Flughafen Düsseldorf zu fahren, direkt, ohne Umsteigen. Aber Hundchen machte das so gut, als würde er jeden Tag Zug fahren. Auch als uns eine Frau höflich, aber bestimmt aufforderte, den Platz freizugeben, weil der für sie reserviert sei – was übrigens nirgendwo stand und obwohl der Waggon ansonsten leer war –, regte uns das nicht auf. Wir waren ja noch taufrisch. Lächelnd setzten wir uns an einen anderen Platz.

Zweieinhalb Stunden vor Abflug waren wir bereits am Flughafen. Das Einchecken war eine Sache für sich. Wir stellten uns in die bereits lange Reihe, meist türkische Familien mit vielen Kindern und noch mehr Koffern.

Ich atmete genüsslich tief durch. Die Zeit, als wir mit drei Kindern, meinem Vater und meist noch einer Freundin unserer Tochter in Urlaub flogen, war lange vorbei. Wie angenehm und stressfrei war es doch nun zu zweit mit „nur" zwei Koffern, die nicht einmal annähernd die Größe unserer damaligen Koffer hatten – und mit Hundchen, der sich von seiner besten Seite zeigte und von allen bewundert wurde.

„Internetbuchung an den Nebenschalter." Wo dieser Aufruf herkam, das wusste keiner so genau, aber wir reihten uns mit einigen anderen vor dem Schalter gleich nebenan ein. Es dauerte fast eine halbe Stunde, bis wir endlich dran waren. Die Stewardess nahm unsere Unterlagen und meinte dann, wir seien hier nicht richtig und sollten uns doch an die andere Schlange anstellen.

„Da haben wir bereits gestanden. Hier oben steht Internetbuchung, oder nicht? Und wir haben Internetbuchung. Und außerdem wurden wir aufgerufen, uns hier anzustellen."

„Wer hat Sie aufgerufen?"

„Das weiß ich nicht. Jemand hat das laut gerufen."

„Sie sind hier trotzdem nicht richtig. Bitte stellen Sie sich nebenan an."

„Aber wir haben doch Internetbuchung und das steht hier oben dran ..."

„Ich ziehe mir das dann von nebenan rüber", gab sie zur Antwort, was auch immer das heißen sollte. Sie lächelte und das Gespräch war beendet.

Die Schlange, in der wir zu Anfang gestanden hatten, war nun inzwischen doppelt so lang geworden. Wir stellten uns also erneut an, erkannten auch die eine oder andere Familie wieder, die alle ebenfalls dem ominösen Aufruf gefolgt waren.

Langsam rückten wir Stück für Stück auf, bis wir endlich ganz vorne standen. Just in diesem Augenblick rief uns die Stewardess, die uns weggeschickt hatte, wieder zu sich an den gleichen Schalter wie eben.

Auf meine Frage, warum das denn jetzt auf einmal ginge und vorhin nicht, meinte sie nur: „Jetzt geht es."

„Aha", sagte ich und fügte hinzu: „Wir haben einen kleinen Hund dabei, der ist angemeldet."

„Bei uns nicht."
„Wir haben extra angerufen im Call-Center."
„Steht hier nicht vermerkt. Wie viel Kilo wiegt er denn?"
„Vier."
„Nur vier?"
„Ja, nur vier, und er fliegt in der Tasche mit in der Kabine … wie immer."
(Ich meinte, von nun an wie immer, aber das wusste die Stewardess ja nicht.)
„Also, da müssen Sie zu dem Schalter da drüben gehen und dort den Hund registrieren lassen", sagte sie und drückte uns unsere Bordkarten und Pässe in die Hand. So kämpften wir uns an diversen Warteschlangen verschiedener Schalter vorbei, allerdings jetzt ohne Koffer, denn die waren bereits auf dem Weg zum Flugzeug.
„Guten Tag, also dieser Hund hier ist eigentlich angemeldet", sagte ich und reichte die Reisepapiere einer freundlichen Stewardess hinüber.
„Also, bei uns ist er nicht gemeldet."
„Bitte, hier ist sogar noch der Zettel mit der Telefonnummer vom Call-Center, das die Anmeldung angenommen hat." Ich kramte einen kleinen gelben Zettel hervor, auf dem ich die Nummer notiert hatte. Ich selbst hatte mit dem Call-Center telefoniert.
„Mit wem haben Sie da gesprochen?"
„Wie? Das weiß ich doch nicht. Mit einer Frau."
„Sie müssen sich immer den Namen aufschreiben, dann kann man das zurückverfolgen."
„Ok. Und jetzt?"
„Also, ich trage den Hund jetzt ein. Wie viel Kilo wiegt er?"

„Vier Kilo."

„Nur vier Kilo?"

„Ja, und wir nehmen ihn in die Kabine mit. Hier ist seine Tasche."

„Ok."

„Könnten Sie ihn bitte für den Rückflug gleich vermerken?", fragte ich.

„Nein, das geht nicht. Da müssen Sie das Call-Center anrufen. Ich bekomme 28 € von Ihnen."

„Ok", sagte ich resigniert und schob zwei Geldscheine hinüber.

„Moment, ich kann nicht rausgeben", sagte sie und verschwand.

Mein Mann und ich kramten in unseren Taschen und bekamen doch tatsächlich noch 8 € in Münzen zusammen. Und da die Stewardess nun bereits seit fast zehn Minuten verschwunden war, baten wir eine Kollegin, ihr doch bitte mitzuteilen, dass wir das Geld nun passend hätten. Eigentlich waren wir fast so weit zu sagen: „Tun Sie die 2 € bitte einfach in die Kaffeekasse für Stewardessen."

Es folgte dann der lange Weg mit endlosen Prozeduren durch all die Pass- und Sicherheitskontrollen. Ich war heilfroh, dass unser Hund weder Schuhe an- noch einen Gürtel umhatte. Sein Leinengeschirr allerdings mussten wir insgesamt abmachen. Ich glaube zwar nicht, dass man darin eine Bombe verstecken könnte, aber Mikrofilme, die man außer Landes schmuggeln möchte, hätten sicher Platz darin. Da wir aber weder das eine noch das andere hatten, ging das alles zum Glück problemlos vonstatten. Unser Hund flirtete derweil mit den Damen und knurrte die Herren an …

Bis mein Mann all seine diversen Sächelchen, die eine ganze Schale füllten, wieder in seinen diversen Jacken-, Hemden- und Hosentaschen verstaut hatte, verging eine Ewigkeit. Da sage noch mal einer was gegen Damenhandtaschen! Bei denen hat man wenigstens alles auf einem Haufen beisammen. Sein Gürtel war jetzt auch umgeschnallt und die Schuhe wieder angezogen – und es war noch eine Stunde Zeit bis zum Abflug.

Also Zeit für einen genüsslichen Kaffee für meinen Mann, einen O-Saft für mich und eine Schale Wasser für Hundchen in einem der gemütlichen Cafés ganz in der Nähe von Gate 31.

So stand es jedenfalls auf unseren Bordkarten.

* * *

„Der Mann von der Autovermietung steht gleich am Ausgang mit einem Schild und erwartet euch – den könnt ihr gar nicht übersehen", hatte unser Sohn gesagt und uns noch einmal den Namen der Firma dick angestrichen.

Aber das Fließband der Gepäckausgabe, auf dem unsere und die Koffer aller Passagiere unseres Fliegers anrollen sollten, hatte einen technischen Defekt, der gleich behoben sein sollte und nach eineinhalb Stunden immer noch nicht behoben war, sodass kein einziger Koffer erschien.

Da wird sich wohl der gute Mann mit dem Schild die Beine in den Bauch gestanden und uns schließlich als „nicht angekommen" abgeschrieben haben. Jedenfalls stand keiner mehr da mit Schild, um uns zu begrüßen, als wir dann endlich durch das Tor gingen. So fragten wir uns buchstäblich durch die Halle. „Da hinten", hieß es, und immer noch weiter „da hinten".

Hundchen, der längst wieder auf eigenen Beinen lief, signalisierte mit Blick und einem telepathischen Bild, dass er dringendst pinkeln müsste. Während der langen Warterei am Gepäckband hatte er bereits eine Schale Wasser geschlabbert.

„Gleich, gleich", beruhigte ich ihn.

Dann standen wir endlich vor dem Schalter der Autovermietung ganz am Ende der Halle. Auch hier schien es Verzögerungen zu geben. Nach einer Stunde des Wartens war besagter Mann, der uns zu unserem gebuchten Auto bringen sollte, immer noch nicht eingetroffen.

Die Blicke und Bilder von Hundchen wurden nun immer drängender und ließen etwas sehr Unschönes ahnen. So machte ich energisch allen klar, dass ich jetzt mit dem Hund das Gebäude verlassen würde, wo auch immer ich eine Tür nach draußen fände. Und die fand ich auch, ein paar Schritte weiter.

Rasenfläche – wenn auch nur ein paar Quadratmeter – und ein Baum, das war wundervoll und reichte völlig aus. Unser Hund schüttelte sich erleichtert.

Die Tür allerdings, durch die wir hinausgegangen waren, war kein Eingang und von Beamten bewacht, die dem Hund zwar leicht amüsiert beim Pinkeln zugesehen hatten, uns aber nun nicht wieder hineinließen. Vorschrift ist halt Vorschrift. Sie schickten uns mehrere hundert Meter weiter, diesmal „nach vorne", wo ich mich dann zusammen mit vielen Reisenden, Massen an Gepäckstücken und Chaos noch einmal der ganzen Prozedur der Sicherheitskontrollen unterziehen musste. Es half auch nichts, darauf hinzuweisen, dass ich sozusagen kein Reisender wie alle anderen hier, sondern schon längst angekommen und nur eben mit Hundchen Gassi gewesen war.

Schuhe aus, Gürtel ab, Leinengeschirr vom Hund ab, Handtasche in die Schale … Zum Glück hatte ich meinen Pass dabei. In all den Jahren, in denen wir um die ganze Welt gereist waren, habe ich es mir angewöhnt, immer meinen Pass bei mir zu tragen.

Hundchen sah sein Herrchen schon von Weitem, der immer noch auf derselben Bank saß und wartete.

„Du sitzt ja immer noch da! Ist der Typ noch nicht gekommen?", fragte ich, inzwischen leicht genervt.

„Nein, die haben da irgendwelche Probleme", antwortete mein Mann, der erstaunlicherweise die Ruhe behielt. „Hat der Hund sein Geschäft machen können?"

„Ja, zum Glück gab es einen Baum mit etwas Rasen. Der Baum steht jetzt unter Wasser. Zum Glück hatte ich meinen Pass dabei, sonst wäre ich gar nicht wieder in die Halle gekommen. Musste das ganze Prozedere noch einmal über mich ergehen lassen mit Abtasten und Schuhe ausziehen und so weiter, stell dir vor!"

„Hab dir noch hinterhergerufen, ob du deinen Pass dabei hast, aber du warst dann so schnell verschwunden. Ist doch richtig, dass so viele Kontrollen gemacht werden. Passiert ja genug."

„Ja, da hast du wohl Recht", sagte ich und blickte zum Schalter unserer Autovermietungsfirma.

Bis wir unser Auto bekamen, dauerte es dann noch mal eine Stunde, eine echte, keine gefühlte. Dann war es so weit, der langersehnte Mann war endlich da!

Zusammen mit einer Gruppe von vier Personen – drei Männern ohne Gepäck, mit Bordkoffern, und einer sehr hübschen, jungen Frau in rotem Etuikleid und hohen Absätzen, die ein Model sein musste, so wie sie sich bewegte – verließen wir die Flughafenhalle in Richtung Parkhaus.

Mein Mann hatte schwer zu kämpfen mit dem Gepäckwagen. Er schwört auf Gepäckwagen. Allerdings hätten wir die zwei Koffer und die Hundetasche auch ziehen können. Das wäre wesentlich einfacher gewesen, denn es war jedes Mal ein gefährlicher Kraftakt, den Wagen von den Bordsteigen – und davon gab es sechs bis zum Parkhaus – herunterzurollen.

Die kleine Gruppe war längst nicht mehr zu sehen. Ich hatte mir nur in etwa die Richtung gemerkt, in die sie verschwunden war, und atmete mal wieder tief durch. Irgendwann hatte mein Mann „die Faxen dicke" (auch so ein Ausspruch meines Vaters) und begann, die Koffer vom Wagen herunterzuheben – mitten auf der Fahrbahn. Ich rettete die Koffer, Taschen, Hundchen und mich auf die nächste Verkehrsinsel, während mein Mann versuchte, den Gepäckwagen irgendwo abzustellen – ja, aber wo eigentlich? Es gab keinerlei Abstellmöglichkeit, ohne dass ein heranbrausendes Auto (und das ist das normale Tempo dort) hineingefahren wäre. Schließlich fand er eine kleine sichere Ecke am Beginn des Parkhauses, das wir inzwischen erreicht hatten, und überließ das Gefährt dort sich selbst.

Dann machten wir uns auf die Suche nach der Gruppe. Als wir sie gefunden hatten, saßen die drei Männer und das hübsche Model bereits in einem kleinen weißen

Auto. Davor stand besagter junger Mann der Autovermietung und telefonierte wild gestikulierend mit seinem Chef.

Uns konnte heute nichts mehr erschüttern, auch nicht, dass es bereits 23 Uhr war, uns noch eine zweistündige Fahrt bevorstand und der Autoverkehr schon bei Tageslicht als katastrophal bezeichnet werden kann, von nachts gar nicht zu reden. Wir standen ruhig da und warteten geduldig auf das Ende des Telefongesprächs.

Danach rollte der junge Mann mit den Augen und forderte die vier Personen auf, aus dem weißen Auto wieder auszusteigen. Das Model lächelte mich an und ich lächelte zurück, das Handgepäck der Gruppe wurde aus dem Kofferraum wieder ausgeladen, dafür kamen unsere zwei Koffer hinein und gleichzeitig wurden wir eilig ins Innere des Autos geschoben, das keineswegs dem entsprach, was mein Mann gebucht hatte.

In halsbrecherischer Fahrt und unter Schimpfen, dass der „vertrottelte Idiot am Serviceschalter" die ganze Firma ruiniere, ging es zu einem Parkplatz außerhalb des Flughafengeländes, wo dann noch einmal Papiere unterschrieben wurden und nach einer Kurzunterweisung mein Mann das Steuer des Autos übernahm.

Ich staune immer wieder, wie Männer (und ich kenne wirklich nur wenige Frauen) scheinbar jedes Auto fahren können, ohne sich lange damit vertraut machen zu müssen.

Für meinen Mann jedenfalls, der nach einer kurzen Neuorientierung – „Wo ist denn hier überhaupt die Ausfahrt?" und „Moment mal, müssen wir jetzt nach rechts oder links?" – losfuhr, hatte ich nur noch große Bewunderung, dass er sich so gekonnt ins Fahrwasser des brodelnden Verkehrs warf und sich nun heroisch Kilometer um Kilometer vorwärtskämpfte. Bis ich merkte, dass er sich sogar pudelwohl dabei fühlte …

Also, ich glaube, und das ist mein voller Ernst, dass türkische Männer ein spezielles Gen haben müssen, ein sogenanntes „Autofahrer-Gen“. Das kann man nicht erlernen, das muss ihnen im Blut liegen.

Auch nach über fünfundvierzig Ehejahren und vielen Autoreisen in der Türkei weiß ich immer noch nicht, wie sie sich untereinander auf der Straße verständigen. Muss wohl wirklich so eine Art „Blutsprache“ sein, eine Art Geheimcode nach dem Motto:

Kleiner Finger hoch: „Achtung!“ Zeigefinger hoch: „Bleib zurück, ich wechsle rüber auf deine Fahrbahn!“ Wenn das nichts nützt, dann hängt man den Arm aus dem Fenster, setzt mit der Hand das Stopp-Zeichen und mit der anderen Hand drückt man voll auf die Hupe – das wichtigste Teil am Auto überhaupt, wenn man vorankommen will. Den Mittelfinger sollte man besser nicht benutzen, es sei denn, man hätte Lust auf eine handfeste Keilerei.

So vertraute ich mich wie immer den Fahrkünsten meines Mannes an, schloss die Augen, atmete tief in den Bauch und lächelte entzückt ob des vertrauten Geruchs dieses Landes, in dem ich mich schon immer sehr wohlgefühlt habe.

Meine Hand streichelte Hundchen, der völlig geschafft auf meinem Schoß lag und ebenfalls voller Vertrauen auf Herrchens Fahrkünste die Fahrt über sich ergehen ließ.

* * *

„Als das Auto vorfuhr und eine Frau ausstieg, habe ich gedacht, da ist unsere *Gelin* (Schwiegertochter/Braut, auch nach fünfundvierzig Ehejahren), aber das war ja eine alte Frau!“, sagte Tante Vim.

Toll, um das zu hören, war ich nun fünfhundert Kilometer von Istanbul in das kleine Ferienörtchen südlich von Izmir gefahren, mit halsbrecherischen Überholmanövern in einem Leihauto, das zu wünschen übrig ließ, um rechtzeitig zu ihrem achtzigsten Geburtstag zu kommen. Am liebsten wäre ich gleich wieder ins Auto eingestiegen und nach Istanbul zurückgefahren. Aber dann dachte ich daran, dass ich hier zum einen doch wohl sehr mit meinem Ego reagierte und zum anderen dies eben Tante Vim war, wie sie leibte und lebte. Sie konnte schon immer gut austeilen, sagte, was sie dachte (und das entsprang meist einer sehr subjektiven Wahrnehmung), reagierte dagegen aber zutiefst beleidigt auf Worte, die sie selbst als verletzend empfand, obwohl sie es nicht waren.

Dadurch waren kritische Situationen nie einzuschätzen oder gar vorsorglich zu umgehen. Sie fielen eben einfach so vom Himmel und schafften Momente, in denen einem „die Spucke wegblieb“, wie mein Vater als alter Berliner immer zu sagen pflegte. Situationen, in denen man aber auch eine Menge lernen konnte: gelassen durchzuatmen, Geduld zu üben (ein Lächeln war nicht immer angebracht), selbst nicht in eine emotionale Reaktion zu rutschen und dabei die Kunst zu entwickeln, seine Gedanken und Gefühle immer schneller auf „Harmonie und Frieden“ auszurichten – und in früheren Zeiten meinen

Vater davon zu überzeugen, dass er das mal wieder falsch verstanden und Tante Vim auf Türkisch etwas ganz anderes gemeint hätte. Denn keiner von uns hatte Lust auf einen handfesten Streit der beiden gehabt.

Am Gartentörchen der sehr hübschen Sommerresidenz von Tante Vim standen bereits die obligatorischen Plastiklatschen für Besucher bereit – für die Terrasse, die blitzsauber war. Für das Innere des Hauses warteten dann schon leichte Pantoffeln verschiedener Größen in Reih und Glied am Eingang.

„Hab meine eigenen mit", sagte ich, umarmte Tante Vim und zog meine Schühchen aus der Beuteltasche. Mein Mann ignorierte die Latschen und auch die Pantoffeln und lief barfuß. Tante Vim trug seine Straßenschuhe ins Haus und verstaute sie an dem dafür vorgesehenen und mit Papier ausgelegten Platz. Meine Schuhe standen bereits da. (Als Frau erinnert man sich an solche wichtigen Details über Jahrzehnte.)

Der Redeschwall von Tante Vim hatte eingesetzt und war nicht mehr zu bremsen. Die Geschehnisse und besonders die Ärgernisse eines ganzen Jahres wollten sich mitteilen. So folgte sie meinem Mann, ihrem Bruder, treppauf, treppab, und als mit einem „*Abla* (Schwester), Moment mal!" die Badezimmertür von innen geschlossen wurde, lief der Redeschwall draußen vor der Tür weiter.

Das gab mir Zeit, unsere Sachen in unserem Zimmer zu verstauen.

„Der Hund darf aber nicht aufs Bett", kam nebenbei aus der Richtung des Badezimmers.

„Nein, natürlich nicht", gab ich zur Antwort – ich war ja froh, dass wir den Hund überhaupt mitbringen durften – und öffnete den Koffer, um unsere Schlafsachen herauszuholen.

Wie vor dreißig Jahren hatte Tante Vim fein säuberlich unsere Schlafsachen auf den Kopfkissen bereitgelegt. Dass ich schon lange nicht mehr Größe XS trug und mein Mann mit seinem kleinen Bäuchlein die Knöpfe dieses alten Pyjama-Oberteils sprengen würde, ignorierte sie einfach. Ich verkniff mir zu sagen, dass die alte Frau jetzt auf gar keinen Fall mehr in das Babydoll in XS passen würde, und räumte die Sachen stillschweigend in den Schrank zurück zu all den anderen Kleidungsstücken aus alten Zeiten, wo sie bis zum nächsten Jahr liegen würden, um dann wie jetzt wieder für einen Augenblick die Dunkelheit des Schranks verlassen zu dürfen. Die Idee, die alten Stücke zu entsorgen, hatte ich längst aufgegeben, denn das würde heißen: „Wir kommen nicht mehr wieder hierher." Also blieb alles beim Alten.

„Em'ne, du musst noch das Laken aufziehen. Ist mir zu anstrengend."

Den Namen Em'ne (richtig: Emine) hatte sie aus einer TV-Soap, in der ein Mädchen namens Emine – freundlich, tüchtig, hilfsbereit und mit der Fähigkeit, alles im Handumdrehen zu erledigen, was anstand – der Liebling aller Zuschauer war. Seitdem ruft sie mich so, was ja eigentlich auch sehr schmeichelhaft für mich ist.

„Mach ich, kein Problem", sagte ich, zog geschwind das Laken drüber und ersetzte das Monster von Kopfkissen durch mein kleines Kissen – auch wie jedes Jahr.

Mein Mann hatte sowieso vielerorts seine Eierschachtelkissen oder Donauwellenkissen deponiert, auf die er schwor. Eierschachtelkissen wurden sie genannt, weil sie aussahen wie Eierbehälter mit ihren großen Noppen. Oder sie hatten zwei große Wellen, halt wie Donauwellen. Wie man auch nur annähernd auf solchen Undingern schlafen kann, wird mir ewig ein Rätsel bleiben. Dafür höre ich aber bei meinen zum Glück äußerst seltenen Nackenbeschwerden sofort den Vorwurf meines Mannes: „Kein Wunder bei deinen Sch…kopfkissen!“

In solchen Momenten atme ich dann mal wieder tief durch und erinnere mich daran, dass Männer vom Mars und Frauen von der Venus kommen, wie ja jedermann inzwischen weiß.

Mein Mann hatte das Bad verlassen und war, gefolgt von *Abla* (Tante Vim), wieder nach unten gegangen. Sie erzählte immer noch …

Endlich duschen und mir etwas Bequemes anziehen, immerhin war es ja schon 22.30 Uhr und wir waren den ganzen Tag unterwegs gewesen.

Sauber, erfrischt, entspannt und nicht nachtragend entstieg ich der Dusche, als mein Blick auf eine Waage fiel. Ich glaube, es gibt keine Frau, die der magischen Anziehungskraft solch eines Gerätes widerstehen kann – und wohl inzwischen auch keinen Mann, wie ich mir habe sagen lassen. Jedenfalls stellte ich mich drauf – nackt versteht sich – und war zutiefst schockiert.

78 E – das war ja wohl nicht möglich!!!

Also noch mal: 78 E!

Was das „E“ zu bedeuten hatte, weiß ich bis heute nicht. Na ja, also mein Bauch war ja auch nicht mehr das, was er mal war. Nach den Wechseljahren bekam er eine

Art Eigendynamik. Und es war auch klar, dass ich keine 54 Kilo mehr wog … Aber 78? Also doch alte Frau …

Und dann noch E, wofür auch immer das stand. Die BH-Größe war damit sicherlich nicht gemeint, oder doch? A stand ja sozusagen für „vorne nichts“ und D für reichlich „Holz vor der Hüttn“. E war dann wohl die XXXL-Q-Potenz an Oberweite, oder was? Erstaunlich, was solche Waagen heutzutage alles schon registrieren konnten.

Ziemlich geknickt und mit festen Vorsätzen verließ ich das Bad: vorerst überhaupt keine Süßigkeiten mehr, kein Eis, kein Essen nach 18 Uhr – das würde allerdings schwierig werden, da man in der Türkei erst spät am Abend gemütlich am Tisch sitzt. Kein Brot – das ging auch nicht. Ich esse zwar so gut wie kein Brot, aber das türkische Brot ist so wunderbar, dass es ganz klar war, dass ich diesen Vorsatz spätestens morgen früh brechen würde.

Und intensiv Yoga! Hundertachtmal den Sonnengruß morgens anstatt dreimal.

Und flott laufen! Bei fünfundvierzig Grad im Schatten? Na, was soll‘s, ich stand sowieso als Erste auf und der Hund würde auch raus müssen …

78 E, nicht zu fassen!!!

Bei der ersten Gelegenheit flüsterte ich meinem Mann ins Ohr: „Weißt du, wie viel ich wiege? Erschrick nicht, wenn du heute Nacht mit einem Walross das Bett teilst … 78 Kilo! … E!“

„Wiege ich auch, habe vorhin auch auf der Waage gestanden. Dann werden wohl zwei Walrösser heute Nacht im Bett liegen. Wir müssen unbedingt abnehmen“, sagte er leise, unterhielt sich weiter angeregt mit seiner Schwester und schaute dabei auf einen Berg Weintrauben, Melone, Kirschen und Aprikosen, die *Abla* vor ihm aufgetischt hatte, nachdem er bereits Brot, Käse und auch Kuchen abgelehnt hatte.

Aha, die Waage hatte sich also noch nicht wieder umgestellt, seitdem er sich draufgestellt hatte, war ja klar. Ich ging die Treppe wieder nach oben und stellte mich voller Erwartung noch einmal drauf. Das Kleid, das ich inzwischen angezogen hatte, wog sicher nur ein paar Gramm.

78 E – oh, mein Gott!

Aber als dann auch mein Hundchen mit 78 E ausgewiesen wurde und auch mein Schminkbeutel einen Inhalt von 78 E aufwies, war es ganz klar – diese Waage spinnt. Ich wusste zwar immer noch nicht, wie viel ich nun wirklich wog, aber eigentlich wollte ich das auch gar nicht mehr so genau wissen.

Erleichtert und mit federnden Schritten – ich wog ja keine 78 E mehr – hüpfte ich die Treppe hinunter, um meinem Mann die neue Erkenntnis mitzuteilen, als Tante Vim bereits abwinkend meinte: „Ja, ja, die ist kaputt."

Wie sich später herausstellen sollte, war sie wahrscheinlich nicht kaputt, sondern nur die Batterien waren leer. Ich wusste gar nicht, dass es Waagen mit Batterien gab …

Jedenfalls bestand ich darauf, dass die neuen Batterien erst am letzten Tag unseres Aufenthaltes gekauft und eingesetzt werden würden.

Erschöpft, aber mit dem wohligen Gefühl, keine 78 Kilo zu wiegen, schlief ich ein. Daran konnte auch das monotone Klappern eines defekten Fensterladens am

Nachbarhaus nichts ändern. Mein Mann hörte sowieso nichts mehr. Er war sofort eingeschlafen. Immerhin war es ja auch schon ein Uhr.

Trommelgeräusche draußen und das bedrohliche Knurren unseres Hundes drinnen ließen mich um zwei Uhr senkrecht im Bett sitzen.

Na klar, es war Ramadan, der Fastenmonat. Vielerorts, und in den kleinen Örtchen sowieso, lief tatsächlich noch der Trommler wie in alten Zeiten nachts durch die Gassen und kündete mit einem ganz bestimmten Trommelrhythmus an, dass es jetzt Zeit zum Aufstehen und für das Nachtessen war, die letzte Mahlzeit bis zum nächsten Abend, Zeit für die rituelle Waschung (*Abdest*) und für das Morgengebet.

Es dauerte etwa eine halbe Stunde, bis er all die kleinen Straßen abgelaufen hatte und das Trommeln immer leiser wurde. Dafür wurden nun die Geräusche einer erwachenden Nachbarschaft lauter, aber die hörte ich schon nicht mehr. Und auch Hundchen war froh, sich wieder zusammenrollen zu können, denn das Kläffen der großen Hunde war ja weit, weit weg.

Tante Vim hatte vor einigen Jahren eine Brustoperation und nahm seitdem Medikamente, daher durfte sie nicht fasten. Ich würde also für alle ein leckeres Frühstück bereiten und den Tisch geburtstagsmäßig dekorieren, und darauf freute ich mich schon.

Den neuen Tag mit FREUDE im Herzen begrüßen ...

Seit meiner frühen Jugend übe ich Yoga. Und seit über vierzig Jahren gebe ich Kurse und Seminare und leite auch seit vielen Jahren Ausbildungen. Meine Begeisterung für Yoga hat nie nachgelassen, sondern sich in all den Jahren noch um ein Vielfaches gesteigert.

Für mich sind Yoga-Übungen eine wunderbare Hilfe, jeden neuen Tag mit FREUDE zu beginnen. Diese Freude beginnt in meinem Herzen und ist unabhängig von äußeren Umständen. Denn die Umstände der Situation, in der ich mich gerade befinde, gehören bereits der Vergangenheit an, so wie der gestrige Tag. Aber heute beginnt etwas Neues, es ist wie ein Neuanfang.

Da bieten sich tausend Möglichkeiten, dem Leben neu zu begegnen, anders als gewohnt zu reagieren, Dinge zu verändern, Fehler wiedergutzumachen, zu vergeben oder um Vergebung zu bitten und dem Partner einmal wieder zu sagen: „Ich liebe dich, du machst mich glücklich", was die meisten Menschen viel zu selten tun. Dies ist nicht nur der beste „Dünger", um eine Partnerschaft aufblühen zu lassen, sondern auch die Garantie dafür, dass sie dauerhaft blüht. Der neue Tag ist wie ein bunter Blumenstrauß, der uns geschenkt wird, den wir aber auch mit anderen teilen können.

Probieren Sie doch einmal meine morgendlichen Übungen aus. Sie werden sehr schnell merken, wie sich Ihr Leben verändert. Sie können sie überall machen, in jedem Hotelzimmer, denn Sie benötigen dafür nicht viel

Platz. Auch wenn Sie morgens noch keine FREUDE im Herzen verspüren, sie wird sich im Laufe der Zeit ganz sicher einstellen.

1) Sie beginnen, indem Sie mit beiden Füßen fest auf der Erde stehen. Sie spüren die Kraft von Mutter Erde. Dann legen Sie die Hände auf Ihr Herz und nehmen sich in Ihrem Inneren so weit zurück, dass in Ihnen so etwas wie ein Herzensraum entsteht. In diesem Raum werden Sie im Laufe der Zeit immer bewusster werden und lernen, die Welt mit dem Herzen wahrzunehmen. Verbinden Sie sich nun mit dem, was für Sie „der Himmel" ist, und lassen Sie die Lichtkraft von oben in sich einfließen und ein Lächeln auf Ihr Gesicht zaubern. Dadurch werden Glückshormone ausgelöst. Denken Sie das Wort FREUDE.

2) Stellen Sie das rechte Bein auf einen stabilen Hocker, das Hotelbett oder einen Stuhl. Führen Sie nun bewusst Ihre Hände vom Herzen zu Ihrem Knie und umfassen es. Atmen Sie tief und langsam ein und aus und lassen Sie die Energie vom Herzen über Ihre Arme und Hände in den Kniebereich einströmen. Um das Knie herum befinden sich viele wichtige „Schaltstellen", die Blockierungen im energetischen wie auch im hormonellen System lösen können. Dies wird Ihren Knien guttun und sie werden es Ihnen mit Beweglichkeit danken.

3) Nun verlagern Sie Ihr Gewicht etwas nach vorne und beugen Ihr Knie, so gut es eben geht. Ihre rechte Hand liegt auf dem rechten Knie. Die linke Hand führen Sie jetzt zum Herzen, spüren wieder in diesen Herzensraum hinein, denken FREUDE und führen den Arm in einem weiten Bogen nach links – so als ob Sie eine große Tür Ihres Herzens für die Welt öffnen wollen. Ihr Kopf folgt dieser Bewegung. Sie lächeln der Welt zu. Sie sind bereit, FREUDE „von oben" zu empfangen, und Sie schenken diese FREUDE der Welt, diesem heutigen Tag – und hochpotenziert kommt diese FREUDE zu Ihnen zurück. So funktioniert das nach einem kosmischen Gesetz. Was wir ausstrahlen, kommt zu uns zurück. Langsam drehen Sie sich wieder zurück, indem Sie die FREUDE, die die Welt Ihnen heute schenkt, dankbar annehmen und in Ihrem Herzen verinnerlichen. Ihre Hand führen Sie dabei wieder zum Herzen.

4) Nun legen Sie die linke Hand auf das Knie, lösen die rechte Hand, führen sie zum Herzen und in gleicher Weise drehen und öffnen Sie sich jetzt zur rechten Seite. FREUDE empfangen, schenken, annehmen und verinnerlichen, wobei Sie den Körper wieder zurückdrehen und die Hand zum Herzen führen.
Die Übung wiederholen Sie nun mit dem linken Bein. Wichtig ist, dass Sie sich immer mehr auf die Schwingung des Wortes FREUDE ausrichten. Alles andere geschieht von allein.
Zum Abschluss stehen Sie wieder mit beiden Füßen am Boden und falten die Hände vor dem Herzen mit einem Gefühl von DANKBARKEIT. DANKBARKEIT ist der Schlüssel, der alle Tore öffnet – lassen Sie sich einfach überraschen. Ganz gleich, was der Tag Ihnen heute anbietet, Sie werden anders damit umgehen.

Ich befand mich in den Highlands Schottlands, wo mir der frische, starke Wind ins Gesicht blies und mich an Emily Brontës *Sturmhöhe* erinnerte, als ich früh am Morgen wach wurde und bemerkte, dass es mein Mann war, der mir kraftvoll ins Gesicht pustete bei jedem Ausatmen.

Wir lagen in dem 1,20 m breiten Bett so dicht beieinander, dass beim ersten Augenaufschlag das Gesicht des Partners im Großformat erschien. Mein Mann sieht auch am frühen Morgen wunderschön aus – was man von mir nicht gerade sagen kann.

Ich hätte gerne seine Gesichtszüge noch eine Weile liebevoll betrachtet, aber der Sturm tat meinen Augen weh und so kletterte ich vorsichtig über ihn und ging ins Bad. Hundchen folgte mir.

Wie es aussah, würde hier in den nächsten zwei Stunden keiner aufstehen, konstatierte ich und setzte den ersten Vorsatz von gestern Abend um: meine gewohnten Yoga-Übungen und den Sonnengruß, nicht gerade hundertachtmal, aber neunmal anstatt, wie gewohnt, dreimal. Langsam steigern ist besser …

Hundchen stand schon an der Terrassentür und wollte raus.

Also Vorsatz Nr. 2: flott laufen. Das geht aber nicht, wenn Hundchen alle paar Meter die vielen fremden und faszinierenden Gerüche aufschnuppern und Fährten bis in Büsche hinein verfolgen muss.

Endlich hatten wir die Vorgärten hinter uns gelassen. Ein breiter Weg tat sich vor uns auf mit einem herrlichen freien Blick auf die Meeresbucht.

Die Natur war längst erwacht, die Bewohner des kleinen Örtchens zum Glück noch nicht. Es roch wundervoll nach frischer Morgenluft, die erfüllt war vom Duft des nahen Meeres und dem vieler Blüten aus all den Gärten. Es würde wieder ein sehr heißer Tag werden.

„Auf los geht's los!" Hundchen und ich schauten uns an und setzten uns in Bewegung, aber gerade, als wir das Tempo um einiges steigern wollten, kamen aus allen Richtungen riesig große Hunde, die sehr interessiert an uns Neuankömmlingen zu sein schienen.

Eine Kehrtwende und wir rannten zurück. Hundchen bellte aus Leibeskräften, ob aus Angst – er hatte Panik vor großen, schwarzen Hunden, seit er einmal übel gebissen worden war – oder weil er meinte, mich beschützen zu müssen, was ihn angesichts von fünf großen Hunden noch mehr in Panik brachte (zwei davon waren schwarz!), das weiß ich nicht. Jedenfalls erreichten wir gerade noch rechtzeitig das Gartentörchen, völlig außer Puste, ich jedenfalls. Und die Nachbarn waren jetzt wahrscheinlich auch alle wach – außer meinem Mann und Tante Vim.

Ich setzte Tee auf, auf türkische Art, mit zwei Kannen. Die untere füllte ich mit Wasser, die kleinere oben mit Tee. Mein Mann mischte immer sehr gekonnt drei verschiedene Teesorten und kreierte damit eine köstlich schmeckende Mischung. Davon bekam Tante Vim dann auch immer einen großen Beutel ab, der eigentlich mehr für uns gedacht war, denn sie selbst trank keinen Tee, sondern eine Tasse heiße Milch zum Frühstück.

Ich deckte den Tisch auf der Terrasse hübsch anlässlich ihres Geburtstages. Die schönen geblümten Servietten, die ich aus Deutschland mitgebracht hatte, musste ich ordentlich unter den Tellern festklemmen wegen des starken Windes, der an diesem Ort hier immer wehte und ohne den die Hitze nicht zu ertragen wäre.

Sämtliche Katzen der Nachbarschaft stellten sich langsam auf unserer Terrasse ein, um zu schauen, ob die Neuen vielleicht großzügig von ihrem Frühstück etwas abgeben würden. So ließ ich all die leckeren Köstlichkeiten in schönen Schälchen auf dem Tablett lieber auf dem Tisch im Wohnzimmer stehen.

Auch die Auflagen für die Gartenstühle, die ebenfalls beim Katzenvolk sehr beliebt waren – machten sie doch so ein Katzenleben wesentlich behaglicher –, blieben noch im Hausinneren.

Als ich mit den Untersetzern für Teekanne und Pfanne wieder durch die Fliegengittertür auf die Terrasse trat – ohne die Latschen zu wechseln, denn Tante Vim schlief ja noch –, saß Hundchen zusammen mit acht Katzen da, und alle schauten erwartungsvoll, was ich da wohl als Nächstes herausbringen würde.

Ich brachte gar nichts mehr hinaus, nahm aber Hundchen mit hinein.

Unser Hund fand Katzen klasse, war er doch mit zwei Exemplaren ihrer Gattung aufgewachsen. Er hatte von ihnen die Katzenwäsche gelernt, was immer sehr putzig aussah, wenn er sich mit der beleckten Pfote über die Ohren fuhr. Er hatte ebenfalls gelernt, schon mal auf ein Katzenklo zu gehen, was eine gute Notlösung war bei anhaltender sibirischer Kälte mit Eis und Schnee oder wenn es tagelang aus Eimern schüttete.

Scheinbar hatten diese acht Katzen noch nicht herausgefunden, ob es sich bei Hundchen tatsächlich um einen Hund oder eher um eine Katze ihresgleichen handelte, zumal die Größe schon mal passte. Im Augenblick jedenfalls überwog wohl die Aussicht auf irgendwelche Leckerbissen diese Ungewissheit – und da waren sich alle einig.

Nebenbei gesagt, ich glaube nicht, dass die Frage der Zugehörigkeit so ganz geklärt wurde, denn bis zum letzten Tag schauten die Katzen – und davon gab es etliche – jedes Mal unserem Hund erstaunt und interessiert hinterher, egal wo wir auch langgingen. Ich glaube, sie ließen ihn als eine Art „besondere Ausländerkatze" durchgehen und duldeten ihn. Aber spielen wollte keine mit ihm zum Leidwesen von Hundchen.

Und es gab auch keine Leckerchen. Das hatte mir Tante Vim schon am Abend vorher strengstens untersagt. Das würde dann eine Invasion hunderter Katzen zur Folge haben, die Tag und Nacht vor ihrer Tür jammern würden. Außerdem hatte ihr der Arzt gesagt, dass sie sich von Katzen fernhalten solle. Wegen ihrer Brustoperation damals waren Kratzwunden wohl sehr gefährlich. Das waren wirklich schwerwiegende Gründe.

Aber es gab da ein verwahrlostes Nachbargrundstück, deren Besitzer in Deutschland lebten. Seit Jahren schon waren sie nicht mehr gekommen, um nach ihrem Haus und Garten zu sehen. Dementsprechend sah das alles auch aus.

Und es gab natürlich auch immer wieder Essensreste, auch in Restaurants, die viel zu schade zum Wegwerfen waren. So hatte ich immer einige Plastiktüten in der Tasche, in denen man blitzschnell, wenn keiner hinsah, Reste verschwinden lassen konnte, um mit diesen dann später im Gestrüpp des Nachbargrundstücks eine Vielzahl von Katzenfamilien zu beglücken.

Unser Hund fand das allerdings gar nicht toll, weil er die leckeren Reste selber gerne gefressen hätte, um dann anschließend mit Bauchschmerzen und Durchfall tagelang zu leiden. Er bekam nur sein Spezialfutter, das er nicht gerade sehr mochte, uns aber eine Menge Geld kostete und aus dem Ausland bestellt wurde – und von dem wir auch ein paar Kilo im Koffer hatten. Deswegen waren die auch so schwer. Und auch wegen all der Geschenke, die wir seit Jahrzehnten mitbrachten. Gesichtscremes für Tante Vim beispielsweise, denn genau „die gibt es nicht in der Türkei", erklärte mein Mann, und das erklärte auch, warum er von dieser Tages- und auch Nachtcreme mindestens je drei Packungen kaufte.

Sirup, weil Tante Vim den so gerne mochte. Zum Glück gab es ihn inzwischen in einer Drückflasche aus Plastik – damals hatte ich mir damit so einige Kleidungsstücke im Koffer versaut.

Europäische und Schweizer Käsesorten gibt es inzwischen in allen türkischen Großmärkten, und so konnte ich meinen Mann überreden, diesmal nichts, aber auch gar nichts davon mitzuschleppen.

Das Argument: „Aber das kauft sie sich nicht selber", ließ ich nicht gelten – dafür aber das Bild bleischwerer Koffer aufblitzen. Mit zunehmendem Alter sah auch er inzwischen ein, dass diese „elendige Schlepperei", wie er es nannte, aufhören musste.

„Nur ein Stück Blauschimmelkäse. Diese Marke gibt es da nicht und den mochte schon meine selige Mutter so gerne …" Diesem Argument konnte ich nicht widerstehen. „Von mir aus", sagte ich und wusste genau, dass es sowieso drei oder sogar fünf Stücke werden würden.

Mein Mann ist ein Schatz, der glücklich ist, wenn er andere mit Essbarem beglücken kann. Spezialitäten, die man nicht so schnell fand – er fand sie. Oder ganz normale Dinge, die man mochte oder von denen man zumindest irgendwann mal geäußert hatte, dass man so was gerne mag. Egal, es bewirkte, dass mein Mann bald darauf mit mehreren Packungen der gepriesenen Sache auf der Matte stand mit leuchtenden Augen. Auch nach Jahren – er vergaß solch wichtige Dinge niemals – und auch wenn man selbst die Sache längst nicht mehr mochte. Es war in seinem Gehirn für immer gespeichert. Den Einwand: „Um Himmels willen, wann soll ich das denn alles essen?", tat er ab mit der Erklärung: „Das kann man ja auch einfrieren."

So war unser kleiner Tiefkühler stets voll mit Dingen, die man meist jederzeit um die Ecke kaufen konnte, erst recht, wenn man im Stadtbereich wohnte und es im Umkreis von fünfhundert Metern drei Einkaufszentren gab. Und Notfälle wie eine Eiszeit oder eine Invasion von verhungerten Außerirdischen hatte es zum Glück noch nicht gegeben. Eine Eiszeit jedenfalls war immer noch nicht in Sicht. Und falls wirklich einmal ein Ufo vor unserem Haus stranden sollte, dem verhungerte Wesen entsteigen, weiß ich jetzt schon, was ich ihnen als Willkommensgruß alles auf die Wiese stellen werde …

* * *

Der Tee war inzwischen fertig. Die Eier wie von alters her im Topf gekocht – was gar nicht so einfach war ohne Armbanduhr und mit einer Wohnzimmeruhr, die offensichtlich außer Betrieb war, da es weder ein Uhr nachts noch ein Uhr mittags war. Wahrscheinlich waren auch hier die Batterien erschöpft, leer …

Ich lief die Treppe hoch mit Hundchen an den Fersen und grub das Handgelenk meines Mannes mit der zurzeit einzig verfügbaren Uhr aus den Decken. Er erwachte, lächelte mich erstaunt an und begriff langsam, warum ich meinen Hals so komisch verrenkte.

„Ich koche Eier – im Topf. Und keine Uhr weit und breit. Bei der im Wohnzimmer sind die Batterien leer“, sagte ich und bekam als Antwort einen Guten-Morgen-Kuss, den Hundchen als Aufforderung ansah, auf das Bett zu springen. Schmusen war eines seiner Lieblingsspiele.

„Runter vom Bett“, kam es synchron aus unserem Munde. Ich zog den Vorhang zurück und blieb erstarrt stehen. Rechts oben in der Ecke an der Gardine hing etwas Schwarzes.

„Die fünf Minuten sind um“, konstatierte mein Mann, der auf seine Uhr gestarrt hatte, bis die fünf Minuten um waren.

„Ich muss runter! Die Eier! Kannst du mal nachschauen, was da oben in der Ecke an der Gardine hängt?“, und schon war ich weg. Eine Spinne war es jedenfalls nicht, denn sonst wäre mein Mann noch schneller als ich die Treppe hinunter gewesen. Er fürchtete sich vor nichts, nur vor Spinnen, den dicken, fetten, schwarzen. Aber dieses Ding da oben hatte Vogelgröße.

Ein paar Minuten später, die Eier waren inzwischen in den Eierbechern und warteten mit all den leckeren Köstlichkeiten auf dem Tablett im Wohnzimmer – wegen der Katzen draußen –, kam mein Mann die Treppe runter, bedächtigen Schrittes.

„Hier haste“, sagte er und zeigte auf das dunkle Ding in seiner Hand, „eine tote Fledermaus.“

„Waaas? Wo kommt die denn her?“, schrie ich entsetzt auf.

Hinter meinem Mann tauchte der Kopf von Tante Vim auf, die von dem Lärm wach geworden war und nun lautstark von Hundchen begrüßt wurde.

„Na, so was, das ist ja eine tote Fledermaus!“, konstatierte sie. „Die hängt da schon lange. Ich hab gedacht, dass Em‘ne da was hingehängt hat, als Schutzsymbol oder so“, meinte sie dann allen Ernstes.

„Fledermäuse?“, ich schrie fast vor Aufregung.

„Na ja, ich wusste ja nicht, dass es eine war. Hab sogar der Putzfrau verboten, das abzunehmen. ‚Hat Em‘ne da hingehängt‘, hab ich ihr gesagt, ‚hat sicher was zu bedeuten‘“, entschuldigte sich Tante Vim.

Also, ich stellte schon mal Feng Shui oder ein paar Dinge in bestimmte Ecken, aber Fledermäuse gehörten definitiv nicht dazu. Ich lief ja hier geradezu Gefahr, des Voodoo-Zaubers verdächtigt zu werden.

Aber heute war Tante Vims Geburtstag!

Hundchen kläffte immer noch, jetzt allerdings nicht mehr als Begrüßung für Tante Vim, sondern aus Missbilligung, weil mein Mann ihm partout nicht das schwarze Ding zum Spielen geben wollte.

Das mumifizierte Monster wurde draußen entsorgt – wo auch immer. Ohne Hundchen, was der wieder gar nicht toll fand.

* * *

Der Name „Tante Vim" ist von unserer Tochter geprägt worden, die als Kleinkind eine Vorliebe für Kurzformen hatte, wie etwa Weihneinei für Weihnachtsmann, Mamana für Marmelade und Bagaken für Soldaten. So wurden von ihr auch meist die Namen zurechtgekürzt. Meine Eltern waren auch betroffen, allerdings waren die sehr begeistert darüber, nicht Omi und Opi zu sein, sondern eben Mi und Pi, denn auf diese Weise blieb man vom Alter unberührt.

Mein Vater fand das sogar so klasse, dass er, egal wo er sich vorstellte, es mit den Worten tat: „Ich bin der Pi und das da ist die Mi." Ich glaube, die meisten Leute wissen heute gar nicht mehr, wie meine Eltern wirklich hießen, einschließlich der Verkäuferinnen beim Bäcker und beim Großmarkt. Ob zu Hause oder im Urlaub, alle kannten sie nur unter Pi und Mi.

Onkel Ok ist auch so eine Kurzform unserer Tochter aus Kleinkindtagen. Er ist sowohl der jüngere Bruder von Tante Vim als auch der ältere Bruder meines Mannes. Eigentlich ist er Diplom-Ingenieur, aber seit vielen Jahren nun schon erfolgreicher Unternehmer in Berlin.

Wir wussten, dass er sich extra anlässlich des achtzigsten Geburtstages seiner Schwester ins Flugzeug setzen und herkommen wollte. Überraschung! Tante Vim wusste es nicht, ahnte es aber wohl, denn es standen bereits ein Paar weitere Latschen und Pantoffeln bereit …

Gegen Mittag kam er dann in Begleitung von Onkel Maffa und Tante Sem (ebenfalls Namenskreationen aus alten Zeiten), deren Tochter im Alter unserer Tochter und wiederum deren Tochter, knapp sieben Jahre alt.

„Em'ne, schnell, die Latschen!", rief Tante Vim, als sie

mitbekam, wer da alles aus dem Auto stieg, das vor dem Haus anhielt. Ich war schon losgerannt, wusste ja, wo all die Latschen schön ordentlich in Plastiktüten verstaut ruhten, während Tante Vim derweil ihrem Bruder die bereitgestellten und von ihm ignorierten Latschen hinterhertrug und seine Straßenschuhe neben die Schuhe seines Bruders, meines Mannes, platzierte.

Ihre Hand wurde geküsst nach altem Brauch und wir anderen umarmten uns. Maffa und Sem und ihre Tochter mit Tochter hatten längst die Schuhe gewechselt. Sie wussten schließlich, was sich gehörte und worauf Tante Vim Wert legte. Aber drinnen im Haus liefen alle barfuß herum. Es hätte bei den vielen Latschen und Pantoffeln allerdings auch ein wüstes Durcheinander gegeben und Tante Vim gab es irgendwann auf …

Die Geburtstagstorte wurde herausgebracht, die sie gemeinsam mitgebracht hatten, und Tante Vim wurde aufgefordert, sich was zu wünschen und die Kerzen darauf auszublasen. Der Wind war schneller, aber gewünscht hatte sie sich was.

„Nicht sagen!!“, schrien alle gleichzeitig, „das bringt Unglück!“

„Nicht mit einer mumifizierten Fledermaus an der Gardine“, wollte ich noch anfügen, unterließ es aber.

Vorsatz Nr. 3 war im Eimer – ich musste von der Torte essen. So schob ich denn in einem unbeobachteten Moment den größten Teil meines Tortenstückchens auf den Teller meines Mannes, der es ein wenig später heimlich auf Tante Vims Teller schob, die mit viel Freude und Genuss dem machtvollen Schokoladenkuchen frönte und sich sogar noch ein weiteres Stück auf ihren Teller geben ließ.

Dann packte Tante Vim ihre Geschenke aus, ähnlich wie auch meine Mutter das tat. Knoten für Knoten wurden die Schleifen gelöst, vorsichtig die Klebestreifen abgelöst ... Ich schwor mir, in Zukunft nur noch die Hälfte an Klebestreifen zu verwenden, was ja letztendlich auch umweltschonender ist.

Das Papier wurde sorgfältig aufgemacht ...

„Wird aber nicht aufgebügelt!“, warf ich in die Runde und erntete erstaunte, verständnislose Blicke. Tante Vim entnahm dem roten Papier eine Windmühle aus weißem Stein – na klar, die waren zurzeit in Mode und jeder Garten hatte zumindest eine davon. Tante Vim nahm sie und ging damit zu verschiedenen Stellen des kleinen Vorgartens.

„Em‘ne, was meinst du? Hierhin? Oder lieber dorthin?“

„Dort steht sie doch super, *Abla*“, sagte ich, „aber schau, was du noch alles so bekommen hast“, denn ich sah, wie jeder in dieser Runde sehnsüchtig darauf wartete, dass sie nun das Päckchen als nächstes öffnen würde, das man selbst geschenkt hatte.

Bald darauf hielt sie einen Schal in den Farben ihrer Lieblingsfußballmannschaft in den Händen, gelb-blau mit entsprechendem Emblem, und mit einem Freudenschrei band sie sich ihn um ihren Hals, wo er auch die nächsten Tage blieb. Auch die fünfundvierzig Grad im Schatten konnten sie davon nicht abhalten.

Eine CD mit klassischer Musik kam als Nächstes zum Vorschein, von Ok. Der sprang auf, holte den CD-Player aus dem Wohnzimmer und bald erschallte in vollster Lautstärke Musik von Mozart, Vivaldi, Bach und anderen großen alten Meistern.

Unsere Geschenke hatte sie zum Glück schon heute Morgen aufgemacht, sonst hätte das noch ewig gedauert.

Ich sorgte für Teenachschub. Maffa und Sem fasteten, der Rest nicht. Als ich mit dem Teetablett zurückkam, musste ich schmunzeln bei der Erinnerung, dass ich mit meiner Schwiegermutter, Gott hab sie selig, immer das Spiel „Perfekte Schwiegertochter" gespielt habe, wenn Besuch kam. Ich machte ihr gerne die Freude, mit mir anzugeben, wenn ich als Ausländerin die türkischen Sitten und Gebräuche so perfekt beherrschte und mich von ihr herumkommandieren ließ ... Ein heimliches Augenzwinkern ihrerseits zu mir klärte die Situation und so hatte auch ich meinen Spaß an dem Schauspiel. Sie dankte es mir, indem sie mich in den Himmel lobte, auch wenn ich nicht anwesend war. Wir hatten ein sehr gutes Verhältnis zueinander.

Meine Schwiegermutter, Gott hab sie selig, war eine feine, elegante, sehr gebildete und warmherzige Frau ohne Kopftuch, die schöne Dinge liebte, auch Kleider, die wir meist gemeinsam aussuchten, weil sie selbst sich so etwas nie gegönnt hätte.

Tante Vim hatte nie geheiratet. Man vermutete eine große Liebe, die nie in Erfüllung gegangen war, aber Genaues wusste man nicht und es wurde auch nie darüber gesprochen. So lebten Mutter und Tochter gemeinsam in einer sehr schönen Eigentumswohnung im asiatischen Teil von Istanbul mit fantastischem Blick auf die wunderschöne Silhouette der Altstadt mit Topkapi-Palast, Blauer Moschee und Hagia Sophia.

Tante Vim hatte studiert, wie auch ihre Brüder, und war als Landwirtschafts-Ingenieurin lange Jahre hohe

Beamtin mit Diplomatenpass, und darauf war sie sehr stolz.

„Ich möchte, dass alle drei Kinder studieren und besonders das Mädchen", hatte der Vater auf dem Sterbebett seiner Frau ans Herz gelegt. Er verstarb viel zu früh an einer Lungenentzündung und hinterließ eine knapp dreißigjährige Frau mit drei kleinen Kindern, mein Mann war gerade sechs Jahre alt.

Allerdings hinterließ er auch ein beträchtliches Vermögen, das für das Studium der Kinder angelegt wurde. Meine Schwiegermutter, nicht nur gewohnt an elegante Kleider aus Paris, schicke Hüte und Schuhe, sondern auch an ein Leben in feinster Gesellschaft bis hinauf in die politischen Kreise, verkaufte, ohne zu zögern, das große Haus, entließ die Bediensteten, zog in eine kleinere Wohnung und widmete sich von Stund an nur noch der Erziehung ihrer drei Kinder.

Sie war überaus geduldig und voller Verständnis für alle Probleme ihrer Kinder. Aber sie konnte auch hart durchgreifen, wenn es denn nötig war. So erzählte einmal mein Mann, der mit neunzehn Jahren auf diplomatischem Wege als damals siebter Türke[1] nach Berlin kam, wo sein Bruder bereits an der TU studierte, dass er aus Bequemlichkeit sein Medizinstudium mit einem Freund

---

1 Es war damals nur über besondere Beziehungen möglich, zum Studium nach Berlin zu kommen. Für meinen Mann und seinen Bruder wurde das über einen Onkel geregelt, der Minister war. Mein Mann war einer der ersten Türken, die nach Berlin kamen – der siebte, um genau zu sein. Die Geschichte meines Mannes und seiner Familie ist mit Fotos seit einigen Jahren im *Deutschen Auswandererhaus* in Bremerhaven ausgestellt, worauf mein Mann sehr stolz ist.

tauschen wollte, der ein Studium zum Bier-Ingenieur belegt hatte.

Dies wollte er dann am Telefon seiner Mutter mitteilen.

„*Was* willst du?", fragte sie.

„Mama, ich will mein Studium tauschen."

„Ja, das habe ich verstanden. Aber was willst du denn dann studieren? Wie heißt das, was du dann bist?"

„Bier-Ingenieur, Mama."

„Bist du von Sinnen? Was soll das denn? Ich habe dich nicht nach Deutschland geschickt, damit du ein Säufer wirst!"

„Mama, ich saufe doch nicht. Das ist ein ernsthaftes Studium."

„Aber nicht für dich! Entweder setzt du dein Medizinstudium fort oder du kommst sofort nach Hause!", sprach sie und legte auf.

Und da sie sehr wohl imstande war, tatsächlich nach Berlin zu fliegen, um ihren Sohn am „Schlafittchen" zu packen und zur Vernunft zu bringen, beeilte sich mein Mann, den Wechsel schnellstens wieder rückgängig zu machen und sein Studium der Zahnmedizin fortzusetzen.

* * *

Auf der Terrasse wurde inzwischen mit ernsten Gesichtern etwas Wichtiges diskutiert. Da ich drinnen mit dem Abwasch beschäftigt gewesen war, hatte ich nicht viel von den Gesprächen mitbekommen. Hundchen war auch bei mir, da es ihm draußen zu laut war und er mir sowieso wie ein Schatten folgte. Außerdem störte er draußen die Gesprächsrunde, weil er meinte, jeden großen Hund (und es gab nur große) ankläffen zu müssen, der nur irgendwie in unsere Gasse einbog. Das nervte natürlich die lautstarke Gruppe auf der Terrasse, die eh schon gegen die laute Musik ankämpfen musste, sodass Hundchen bei mir besser aufgehoben war.

Mein Mann klärte mich dann über das Problem auf: Sems Mutter lag im Sterben und sie wollten nun rechtzeitig aufbrechen, um sie im Krankenhaus zu besuchen. Sem hatte seit einem Streit vor vielen Jahren keinen Kontakt mehr zu ihr. Aber der Familie gelang es, sie zu überreden, die alten Streitigkeiten und Verletzungen zu vergeben und zu vergessen und sie zu besuchen. Das war eine sehr gute Idee, denn in der Nacht darauf verstarb sie nämlich in den Armen ihrer Tochter.

In den darauffolgenden Stunden kamen immer wieder Nachbarn vorbei, um zu gratulieren und bei einem Glas Tee ein Schwätzchen zu halten. Hundchen musste drinnen bleiben, was gar nicht so einfach war, denn er versuchte jedes Mal, wenn ich mit dem Tablett leerer oder voller Teegläser durch die Fliegengittertür wollte, wie ein geölter Blitz nach draußen zu stürmen, um zu schauen, wer da alles gekommen war.

Die Teekanne musste auf dem Herd verbleiben. Das hatte zwei Gründe: Zum einen blieb der Tee heiß, zum anderen wäre der Ruf einer fleißigen Hausfrau oder *Gelin* für immer ruiniert, wenn die Teekanne draußen auf dem Tisch deponiert worden wäre – das geht nur, wenn man unter sich ist. Ich jedenfalls hatte diesen Brauch schon vor langer Zeit umgeändert – zumindest in meinem Haus – und eingeführt, dass die Kanne bei Tisch auf einem Beistelltischchen verblieb, denn als *Gelin* und jüngste Frau der Familie blieb das Amt des Teegläser-Auffüllens an mir hängen.

Aber, wie gesagt, das ging nur im engsten Familienkreis – und obwohl es für mich selbst ziemlich unwichtig war und ist, als „perfekte *Gelin*" zu gelten, hätte ich meine Schwiegermutter, Gott hab sie selig, und auch Tante Vim niemals auf solche Weise verletzt. Ich denke, es ist wichtig, die Sitten und Gebräuche eines Landes in Ehren zu halten, und erst recht, wenn der eigene Partner aus diesem Land kommt.

Hier und heute jedenfalls rannte ich wegen jedem leeren Glas mit einem Tablett in die Küche und mit einem vollen Glas wieder hinaus, bot Zucker an, bot Kekse und Kuchen an, zumindest für die, die nicht fasteten.

Und dann gab es da noch diese Löffel-Geheimsprache. Löffel im leeren Glas bedeutete: „Bitte nachfüllen." Löffel quer über das Glas gelegt: „Ich möchte nicht mehr", und Löffel auf der Untertasse: „Ich bin mir noch nicht schlüssig, was ich will", was aber meistens als „Na ja, dann trinke ich noch ein Glas" zu deuten war.

So vergingen die Stunden wie im Fluge. Und die Bewegung tat mir richtig gut – besonders nach diesem 78-E-Schock.

* * *

„Kein großes Genie ohne einen Schuss Verrücktheit", das wusste schon Aristoteles zu sagen. Nun, Ok war schon immer ein großes Genie … Tante Vim und Ok zusammen, das war nur auszuhalten, wenn man sich mit einem lustigen Buch, weitab im ersten Stock, in einem Zimmer mit geschlossener Tür befand. Denn beide diskutierten lautstark, aber keiner hörte eigentlich dem anderen zu. Leider ist das in der heutigen Zeit in unserer Gesellschaft eine weitverbreitete Unsitte, was auf einem Mangel an Respekt und Wertschätzung beruht.

Da bei Tante Vim gewöhnlich der Fernseher sowieso den ganzen Tag über lief, ergriff Ok diese Möglichkeit, die Diskussion zu beenden, indem er sagte: „Ich muss mal eben die Nachrichten schauen“, und war bereits dabei, den entsprechenden Sender am Gerät zu suchen und die Lautstärke zu erhöhen. Falls Tante Vim noch etwas zu sagen gehabt hätte, er hätte es sowieso nicht mehr gehört.

Draußen schallte noch immer die klassische Musik der neuen CD – nun zum fünften Mal – und versorgte den ganzen Ort mit einer Musikrichtung, die man dort mit Sicherheit nicht jeden Tag zu hören bekam.

Drinnen schrien sich im Fernsehen Parlamentarier an und wurden dabei immer lauter und lauter in ihrer Debatte. Aber vielleicht kam es mir ja auch nur so vor, als ob sie sich stritten. Jedenfalls bedauerte ich es sehr, dass der Fernseher nicht auf Batterien lief. Die wären nämlich sowieso bald erschöpft gewesen …

So gingen Hundchen und ich nach oben und machten es uns in unserem Zimmer gemütlich, ich mit einem entspannenden Buch, Hundchen mit einem kleinen Kauknochen, und erholten unsere überstrapazierten Ohren. Durch all die Türen hindurch schallten Musik und Fernseher jetzt zumindest in einer erträglichen Lautstärke.

Eine Stunde später konnte ich dem Durst nach einer Apfelschorle nicht mehr widerstehen. Ich legte mein

Buch zur Seite und ging nach unten. Tante Vim und Ok debattierten über Politik. Auch meine Apfelschorle für alle konnte da nur bedingt eine kurze Unterbrechung herbeiführen. Mein Mann machte den beiden Monologen ein Ende, indem er mit Handtuch und Badeshorts bekleidet erschien und meinte: „Los, Ok, lass uns schwimmen gehen!"

„Gute Idee!", sagte Ok und ging nach oben, um sich umzuziehen.

Mein Mann wartete … und wartete.

Dann setzte er sich hin, nachdem er endlich den CD-Player und den Fernseher ausgestellt hatte, und widmete sich den Kreuzworträtseln in der Zeitung.

Nach geraumer Zeit ging ich nach oben, um nachzusehen, wo Ok so lange abgeblieben war. Der lag in voller Montur auf dem Bett und schlief.

„Ok schläft", sagte ich.

„Lass ihn", sagte mein Mann, der von seinen geliebten Kreuzworträtseln nicht mal aufgeschaut hatte. Tante Vim verrichtete ihr tägliches Gebet, auch das, was sie bereits versäumt hatte.

Etwas später, nach einem Blick auf die Uhr meines Mannes, fragte ich: „Gehen wir zusammen mit dem Hund Gassi?" Ich hatte absolut keine Lust auf einen Alleingang.

„Na klar", sagte mein Mann und zog sich etwas über.

Unser Hund war der artigste Hund der Welt, wenn mein Mann dabei war. Da konnten so viele große Hunde an uns vorbeitraben, wie das Dörfchen aufzubieten hatte – kein Mucks, kein einziger Kläffer. Die Ohren hoch gestellt, den puscheligen Schwanz freudig in die Höhe gestreckt, war er der schönste und mutigste Chihuahua, den man sich denken konnte. Keine Spur von Angst. Nur bei mir machte er einen solchen Affen, da er mich ja vor all diesen großen bösen Hunden beschützen musste. Zumindest meinte das mein Mann. Ich bin mir da allerdings inzwischen gar nicht mal mehr so sicher, ob er nicht sogar selbst ihm diesen Auftrag in geheimer Mission übergeben hat.

Vorbei an all den Gärten und dem Austausch von freundlichen Worten mit den Nachbarn gelangten wir schließlich auf einen schlecht geteerten Weg, der uns durch weite Flächen verdorrten Grases rechts und links davon schließlich auf eine leichte Anhöhe führte, die einen fantastischen Blick auf die Meeresbucht freigab. Das dunkle Blau des Wassers, das wolkenlose Blau des Himmels und dazu eine strahlende Sonne, da konnte man nur noch tief durchatmen mit einem so unbeschreiblichen Gefühl, als ob einem jeden Augenblick das Herz aufreißen könnte. Der Brustraum schien zu klein, um so viel Schönheit in sich aufnehmen zu können. Das sind solche Momente, die man am liebsten konservieren möchte und die einen dem Himmel ein Stück näherbringen.

Der Weg führte nun vorbei an einigen Schafen, die Hundchen überhaupt nicht ein- und zuzuordnen vermochte. Und die Ziegen ein Stück weiter auch nicht. Er starrte sie an und sie starrten zurück. Große Hunde waren das jedenfalls nicht, das war ihm klar, denn die hier rochen auch ganz anders. Das letzte Stück des Weges hat mein Mann ihn dann getragen, weil die Straße so heiß war und unser Hund ohne Latschen …

* * *

„Wie, um diese Uhrzeit wollt ihr noch schwimmen gehen? Wann wollen wir denn dann zum Essen fahren?“, fragte ich, als Ok endlich gegen 16.30 Uhr in Badeshorts und mit Handtuch über der Schulter auf der Terrasse erschien.

„Ach, wir schwimmen nur kurz, sind gleich wieder zurück“, meinte er.

„Ihr könnt euch ja schon mal in Schale werfen, bis wir zurück sind“, meinte mein Mann.

Das Gartentörchen schloss sich von außen – Tante Vim hatte noch dafür gesorgt, dass sie auch die richtigen Badelatschen anhatten, die für draußen.

Und Hundchen war enttäuscht, dass er nicht mitdurfte.

Ich war schnell umgezogen, geschminkt war ich sowieso schon seit heute Morgen. Tante Vim schob ich dann irgendwann in ihr Zimmer, nachdem sie mir ohne Punkt und Komma tausend Dinge zu erzählen hatte.

„Du solltest dich jetzt besser umziehen, bevor die Männer zurück sind“, sagte ich und unterbrach vorübergehend den Erzählfluss.

„Em‘ne, soll ich die oder die Bluse anziehen?“

„Sind beide schön.“

„Nun sag doch mal – ach, ich zieh die pinkfarbene an, du bist ja auch in Pink.“

„Ja, mach das.“

BH zuhaken, Reißverschluss hochziehen, Perlenkette zumachen – ich fragte mich, wie sie überhaupt alleine zurechtkam, wenn keiner da war.

Dann saßen wir startklar mit gepackter Handtasche auf der Terrasse, die Straßenschuhe von allen standen schon am Gartentörchen, als die beiden Schwimmer endlich kamen.

„Ooch, war das schön!! Da habt ihr was verpasst!“, schwärmte Ok.

„Das Wasser war kristallklar …“, ergänzte mein Mann.

„Gut, gut, aber nun macht mal, damit wir endlich losfahren können“, sagte ich etwas ungeduldig, denn mittlerweile bedauerte ich es jetzt doch, nicht das Stück Torte heute Mittag gegessen zu haben. Ich verspürte eine unangenehme Leere in der Magengegend.

Endlich waren sie so weit und zogen eine Duftwolke von Rasierwasser hinter sich her. Hundchen nieste ein paarmal kräftig und war als erster am Gartentörchen, um sicherzustellen, dass er mit von der Partie sein würde.

Die halbstündige Autofahrt nach Cesme verlief problemlos, wenn man davon absah, dass Tante Vim und ich uns auf den Rücksitzen nicht anschnallen konnten. Die Gurte waren zwar da, aber nichts, woran man sie festmachen konnte. Auch als die Männer, nachdem sie die Augen verdreht und „Frauen“ gestöhnt hatten, den Rücksitz herausgenommen hatten, tauchten die Dinger nicht auf. Waren anscheinend bei diesem angeblich neuen Auto nicht serienmäßig mitgeliefert worden …

Durch die Lüftungsöffnung vorne rechts blies es kraftvoll, weil die Klappe bereits kurz nach Reiseantritt in Istanbul abgefallen war. Deswegen saß ich ja jetzt auch hinten, denn während der ganzen langen Fahrt von Istanbul war ich gezwungen gewesen, mir einen langen, breiten Schal um Hals und Kopf zu legen – und über Hundchen –, um nicht eine fette Erkältung zu riskieren. Die Klimaanlage ganz auszustellen, war bei diesen Außentemperaturen völlig undenkbar und ein normales Mittelmaß war eben nicht einstellbar. Entweder gar nichts oder eiskaltes Gebrause. Mein Mann hatte sich für den kalten Sturmwind entschieden, na ja, schließlich war er der Fahrer und durfte bestimmen. Das war bei uns ungeschriebenes Gesetz. Mit meinem Tuch jedenfalls war ich von draußen sicherlich in keiner Weise von den Kopftuch-Türkinnen zu unterscheiden … Aber die Fahrt nach Cesme war auf jeden Fall zu kurz, um zu Eisskulpturen zu erstarren, und auf dem Rücksitz erübrigte sich das Tuch sowieso.

Cesme ist ein Kultort, ein mondäner „Schickimicki"-Urlaubsort, ähnlich wie Bodrum und doch wieder anders. Er ist ideal gelegen für Urlauber aus Izmir, wo im Sommer die Hitze in den Straßen steht, denn in Cesme weht immer ein angenehmer Wind. Viele reiche Leute haben dort ihre Sommerresidenzen, schicke Villen mit grandiosen Gärten und schönen Booten oder Segelschiffen direkt am Grundstück oder in der Hafenbucht.

Es ist ein gut besuchter Ort und dementsprechend ist es auch schwierig, einen Parkplatz zu finden, zumindest einen, von dem das Auto nicht abgeschleppt wird. Wir hatten Glück, dank der Einparkkünste meines Mannes.

Flotten Schrittes lief ich mit Hundchen in Richtung des Restaurants, das erwählt worden war. Ich hatte nun wirklich langsam richtig Hunger. Auch war das Straßenpflaster sehr heiß für Hundchens Pfötchen. Aber als ich mich dann im Schatten eines Baumes umdrehte, hätte ich ein Fernglas gebraucht, um die drei Geschwister weit da hinten zu entdecken. Ich ahnte es mehr, denn so langsam lief hier kein anderer. Die drei hatten sich so viel zu erzählen und das geht eben beim Laufen schlecht.

Endlich, nach gefühlten zwei Stunden, waren wir alle dann in einem Restaurant – dem dritten übrigens. Im ersten nahm man uns wegen des Hundes nicht, im zweiten gefiel Ok die Speisekarte nicht, im dritten endlich war es für alle gut – na ja, für mich eigentlich nicht so ganz, weil es kaum vegetarische Speisen zur Auswahl gab.

Kaum saßen wir, als mein Handy klingelte. Meine Mutter war dran.

„Hallo, Mutti!"

„Hallo, wie geht´s euch?"

„Sehr gut, Mutti, wir sind gerade im Restaurant. Ok ist auch da. Tante Vim hat doch heute Geburtstag, weißt du?"

„Ach so, ja, dann viele Grüße und Glückwünsche für sie. Haben ihr die Schokolade und meine Karte gefallen?"

„Ja, sehr sogar. Sie bedankt sich."

„Ich zähle die Tage, bis ihr wieder zurück seid."

„Wir nicht, Mutti!"

„Na ja, was dem einen sein A, ist dem anderen sein O, was dem einen seine Taube, ist dem anderen die Nachtigall …"

„Ich glaube, das heißt Spatz, Mutti. Spatz in der Hand und Taube auf dem Dach."

„Na, egal. Ihr habt jedenfalls die Nachtigall und ich die Taube."

Schallendes Gelächter auf beiden Seiten.

Meine Mutter fuhr fort: „In der Wohnung nebenan ist jetzt eine Frau eingezogen, ein spätes Mädchen."

„*Wer* ist da eingezogen?"

„Ein spätes Mädchen."

„Wieso, wie alt ist sie denn?"
„Fünfundsechzig."
„Mutti, das bin ich auch."
„Ja, aber du bist eine *Frau*. Sie ist unverheiratet, also ein spätes Mädchen."
„In diesem Alter wohnt man doch noch nicht in einem Haus mit betreutem Wohnen."
„Wenn man ein spätes Mädchen ist, dann schon", war die Antwort. Völlig logisch, natürlich …
„Ja, die war mal Patientin von euch."
„Mutti, die halbe Stadt war mal Patient bei uns. Wie heißt sie denn?"
„Klusing oder Klösing oder so ähnlich. Kann das sein? Kennt ihr die?"
„Weiß ich im Moment nicht, Mutti."
„Aber die kennt dich auch."
„Mutti, mich kennen auch fast alle."
„Die arbeitete auf einem Amt."
„Auf welchem Amt?"
„Weiß ich nicht, aber auf einem Amt, mit dem du auch zu tun hattest."
„Aha. Na ja, das können wir ja klären, wenn wir wieder zurück sind, Mutti."
„Ich zähle die Tage."
„Wir nicht, Mutti. Also, machen wir jetzt Schluss. Hab dich lieb, Mutti!"
„Ich dich auch. Ich drücke dich an mein Herz und Banjo auch (Banjo war die Erfindung meines Vaters, der sich den Namen meines Mannes nicht merken konnte) und Ok auch und sage Tante Vim, dass ich sie auch an mein Herz drücke."

„Mach ich, Mutti, wir alle drücken dich auch an unser Herz.“

„Na, dann sind wir jetzt mal die Drückeberger, was?“, sagte meine Mutter und lachte.

„Ja, Mutti, die Drückeberger“, sagte ich und lachte auch, „hab dich so lieb, Mutti.“

„Ich dich auch, tschüss!“, und damit war das Gespräch beendet. Sie hatte aufgelegt.

Mein Gott, was hatte ich meine Mutter lieb.

* * *

Nach dem Tod meines Vaters versank Mutti in Hilflosigkeit und eine tiefe Depression, sodass wir schon befürchteten, sie würde ihm nachfolgen. Wir lösten die Wohnung in Süddeutschland auf, in der meine Eltern über fünfzig Jahre gewohnt hatten. Noch heute habe ich Alpträume, wenn ich an diese Wohnungsauflösung denke, so katastrophal war der Umzug, besser gesagt, die Entrümpelung gewesen.

Ohne Familie und ohne Freundinnen hätte ich das nie geschafft, die alle einen heroischen Einsatz lieferten, bei all dem Eifer dann aber so manche Kiste vertauschten. Meine Mutter jammert noch immer einigen Dingen hinterher, wie etwa ihrer Trockenhaube, die bis heute verschollen ist, zusammen mit der siebten Kaffeemaschine, die mein Vater als Sonderangebot gekauft hatte. Die fehlenden Kleidungsstücke haben wir inzwischen ersetzt durch modisch schöne Sachen, die meiner Mutter wirklich sehr gut stehen und sie in ihrem betagten Alter wesentlich jünger aussehen lassen. Und eine Kaffeemaschine hat sie auch bekommen, es waren ja noch sechs andere zur Auswahl da, die alle mitgekommen waren, bis auf die besagte eine.

Die ersten Monate wohnte Mutti bei uns. Das war eine sehr schwierige Zeit, denn sie steckte uns alle mit ihrer miesen Stimmung an. Und trotzdem war es für mich einer der wichtigsten Abschnitte in meinem Leben, denn ich durfte durch sie so viel lernen, mich täglich in Geduld üben, in permanenter Liebe, in Hingabe und Freundlichkeit, aber auch die Fähigkeit entwickeln, Grenzen zu setzen. Ich lernte, und mein Mann mit mir, nicht mehr gegen ihre nörgelnde Art und negative Lebenseinstellung anzukämpfen, sondern ihr den Raum zu geben, so sein zu dürfen, wie sie nun einmal war. Sie war schon immer jemand gewesen, der dem Leben und der Welt skeptisch und meist negativ gegenüberstand.

Und das hatte seinen Grund, denn das Leben war nicht gerade sanft mit ihr umgegangen. Dreimal hatte sie alles verloren: erst in Schlesien, als ihre Familie ausgewiesen wurde, dann später in Berlin während der Bombenangriffe und schließlich zum dritten Mal am 13. August 1961, als meine Eltern mit uns zwei Mädels von Ost- nach Westberlin flüchteten (wir wohnten nahe der Grenze) und dann am Sonntagmorgen um 6 Uhr in den Frühnachrichten hörten, dass die Grenzen geschlossen waren und der Mauerbau begonnen hatte. Wir alle sprachen Dankesgebete, auch dafür, dass es meinem Vater gutging. Auf ihn war geschossen worden, als er durch den Kanal schwamm und anschließend durch ein Feld voller Brennnesseln robbte. Er erlitt einen Ohnmachtsanfall vor Erschöpfung, war aber ansonsten unversehrt und schnell wieder auf den Beinen. Das wenige Geld, das meine Eltern bei der Flucht bei sich hatten, wurde ihnen im Auffanglager gestohlen. Hätten sie mehr von ihrem sehr reich bestückten Konto abgehoben, wäre das aufgefallen. Ohne einen Pfennig, nur mit einer Aktentasche, kamen wir nach Süddeutschland in die Pausenhalle einer großen Firma, deren Besitzer Anthroposoph war und sich sehr um all die Flüchtlinge und überhaupt um alle seine Angestellten kümmerte.

Die folgenden Jahre waren für jeden Einzelnen von uns nicht leicht. Aber wir schafften es. Mein Vater hatte die Zügel in der Hand und kutschierte nicht nur den „Karren aus dem Dreck", wie er immer sagte, sondern brachte es auch wieder zu Erfolg und Wohlstand. Er hatte seine festen Prinzipien, einen umwerfenden Humor mit Hang zu einer herrlichen Situationskomik und einen starken Familiensinn. Er hätte jeden in Grund und Boden gestampft, der seiner Familie etwas hätte antun wollen.

„War mal nebenbei Boxer! Landesmeister, damals bei Max Schmeling!", pflegte er zu sagen und das reichte meist als Abschreckung aus, ebenso wie der Schlüsselbund in seiner rechten Faust, wenn er bei unseren vielen Reisen ins Ausland schützend und sehr achtsam hinter der Familie herlief. „Sicher ist sicher!", sagte er und hatte alles unter Kontrolle.

Für meinen Vater gab es meistens nur eine einzige Meinung und das war seine eigene. So hatte meine Mutter es nicht immer ganz einfach, dagegen anzukommen, und entwickelte im Laufe der Jahre ihre eigenen Strategien, um sich durchzusetzen.

Was jedoch das „Leben im Außen" betraf, so blieb eine gewisse Unselbständigkeit an ihr haften, die ihr sicherlich auch über all die Ehejahre sehr willkommen gewesen war, denn sie machte das Leben für sie sehr viel bequemer. So war der Tod meines Vaters für sie eine extreme Herausforderung, da er mit seinen dreiundneunzig Jahren bis zum Schluss noch überaus fit war und alles regelte. Sein Tod versetzte sie in eine totale Hilflosigkeit, ja fast Gelähmtheit und Depression.

Und obwohl sie von diesem Zeitpunkt an bei uns wohnte, wir sie liebevoll umsorgten und auf ihr leibliches und seelisches Wohlergehen bedacht waren, war es doch zeitweise für sie, aber auch für uns, sehr anstrengend und nervig. Obwohl mein Vater bis zum Schluss „fit wie ein Turnschuh" war und nicht wie ein Latschen durchs Leben ging, war ihr doch unsere sehr quirlige Lebensart viel zu anstrengend. Und da ich die Tochter meines Vaters bin, wie sie immer sagt, ist mir alles Langsame fremd. Unser sprühender Optimismus und ihre Einstellung, immer das Schlimmste zu befürchten, knallten so jeden Tag aufeinander und erschufen eine fast unerträgliche Situation für beide Seiten, besonders auf engem Raum, denn wir wohnten schon lange nicht mehr in dem Haus mit acht Zimmern, seit die Kinder alle ausgeflogen waren. Aber je mehr wir gegen ihre negativen Einstellungen und auch Äußerungen angingen, umso bockiger und zickiger wurde sie. Das machte es uns an manchen Tagen doch sehr schwierig, „in der liebevollen Zuwendung" zu bleiben.

Die tägliche Meditation am Morgen schaffte da zwar eine grundlegende Basis an Gelassenheit und half uns, jeden neuen Tag freudig zu beginnen, aber es schien uns, als würde der Bogen jeden Tag neu und stärker gespannt werden. Solche Erfahrungen sind jedoch enorm wichtig im Leben, denn sie machen uns klar, dass man das Gefühl heiterer Gelassenheit zwar auf dem Meditationskissen üben kann, aber letztendlich geht es darum, es auch im echten Leben umzusetzen. Für jede Situation, in der wir dies üben dürfen, sollten wir dem Himmel dankbar sein, denn es reinigt uns von unseren uralten emotionalen Reaktions- und Verhaltensmustern und verhilft uns langsam zu einer neuen Sichtweise, wenn wir bewusst mit diesen Situationen umgehen.

Als ich eines Tages völlig verzweifelt war über die immer unerträglicher werdende Situation in meinem Bestreben, es allen und besonders meiner Mutter in allem recht machen zu wollen und beständig vehement gegen ihre negativen Sätze und Einstellungen anzukämpfen, dabei aber gleichzeitig Stunden der Zweisamkeit mit meinem Mann krampfhaft zu verteidigen – und das alles zusätzlich zu all den sonst noch so vielen Aktivitäten in meinem Leben –, hatte ich eines Morgens in der Meditation eine tiefe „Eingebung“.

Mein Herz ging auf und ich fühlte, wie ich ihr plötzlich den Raum geben konnte, so sein zu dürfen, wie sie war. Das war die Lösung! Sie durfte so sein, wie sie war. Wir gingen nicht mehr dagegen an, versuchten nicht mehr, sie zu ändern. Aber wir waren nicht gezwungen, diese Negativität ebenfalls zu leben. Und es durften liebevoll Grenzen gesetzt werden, die einfach unerlässlich waren im täglichen Zusammenleben auf engem Raum.

Just von diesem Moment an, als von unserer Seite der

Druck weggenommen worden war, sie zu ändern, war sie wie verwandelt. Sie kam bereits völlig verändert an den Frühstückstisch, lächelte sogar und hatte sich zum ersten Mal wieder alleine angezogen. Wir werden diesen Moment nie vergessen. Zwar behielt sie ihr „Ach, du mit deinem ewigen Optimismus“ mir gegenüber bei, aber so langsam veränderte sie sich – weil *wir* uns verändert hatten. Jetzt, ein paar Jahre nach dem Tode meines Vaters, bewohnt sie eine sehr schöne kleine Wohnung im betreuten Wohnen mitten im Stadtzentrum, so wie sie es immer wollte, und hat sich zu einem fast lebensfrohen und dankbaren Menschen entwickelt – liebenswert war sie schon immer. Sie hat jetzt so viele Freundinnen, die sie besuchen und mit ihr telefonieren, dass der Tag oft nicht ausreicht.

Unser genialer Hausarzt hat es mit Akupunktur und anderen Hilfsmitteln geschafft, sie von den meisten Tabletten abzusetzen und trotzdem ihre unerträglichen Kreuzschmerzen völlig aufzulösen. Zukunftsängste finanzieller Art äußern sich oft durch starke Kreuzschmerzen. In dem Maße, in dem sie langsam begriff, dass ihr Mann in dieser Hinsicht sehr gut für diesen Fall vorgesorgt hatte, verschwanden auch langsam ihre Kreuzschmerzen. Außerdem macht sie jetzt jeden Morgen vor dem Aufstehen ihre „Fahrradübung“ im Bett – sechzigmal!! – und nimmt sogar am Gymnastikkurs teil, der im Hause angeboten wird. Das hatte sie vorher in ihrem ganzen Leben noch nie gemacht, im Gegensatz zu meinem Vater, der bis zum Schluss seine „Krokodilübungen“ aus dem Yoga machte, egal wo er war. Und war das Hotelzimmer zu eng, dann ging er ganz früh hinunter in den Frühstücksraum, legte sich dort mit einem Handtuch auf den Boden und ließ sich nicht stören. Nicht selten kam es vor, dass „frühe" Gäste ihn daraufhin ansprachen. Mein Vater sagte dann nur: „Hab ich von meiner Tochter gelernt. Hat mir das Leben gerettet nach dem Bandscheibenvorfall", und fügte hinzu: „Kann ich Ihnen zeigen, wenn Sie wollen …"

Wie gesagt, meine Mutter war trotz meines Drängens nie bereit gewesen, irgendwelche Übungen zu machen. Sie kam zwar gerne mal mit in meine Yoga-Kurse, wenn sie beide bei uns zu Besuch waren, und das war meist ein Zeitraum von zwei bis drei Monaten, aber mehr aus Freude an Kontakten als aus Interesse an den Übungen. Mein Vater hätte gerne an den Kursen teilgenommen, aber das war zu anstrengend – für mich, denn er mischte die Kurse ordentlich auf, verstand durch seine Schwerhörigkeit meine Übungsanweisungen nicht und schlief zwischendurch immer wieder ein, was von einem lauten Schnarchen begleitet war.

Aber seine Übungsreihe am Morgen zog er durch, da konnte kommen, was wollte. Meine Mutter eben nicht, vielleicht auch deshalb, weil Vater unbedingt wollte, dass sie Übungen machte. Er hätte sie dann wieder ständig korrigiert und sie wäre immer bockiger geworden und hätte schnell die Lust daran verloren. Daher waren wir umso erstaunter, dass sie nun wirklich angefangen hatte, Übungen zu machen. Moondoggie lag meist daneben und schaute zu, aber er meckerte ja nicht. Moondoggie ist der zwei Jahre ältere, aber um die Hälfte kleinere Chihuahua-Bruder von unserem Hundchen, und sie liebt ihn über alles.

So war meine Mutter kaum wiederzuerkennen, war selbständiger geworden, ging bei gutem Wetter mit dem Hund selbst raus, sogar ohne Stock. Und sie bekam wieder Freude am Einkaufen. Das tat sie allerdings mit dem Rollator oder noch besser am Arm ihrer Tochter. Wir gingen gemeinsam in ein schönes Café, besuchten Ballettaufführungen, Konzerte, Opern und Musicals. Regelmäßig fuhren wir mit ihr zu einem besonderen China-Restaurant, da sie eine Vorliebe für „Ente süßsauer“ dort hatte, und sie genoss das Zusammensein mit uns sehr.

Zum Glück hatte sie ihren trockenen Humor wiedergefunden und ließ auch wieder ihre ebenso „trockenen“ Sprüche vom Stapel.

Die muss ich doch wirklich mal alle aufschreiben …

* * *

Inzwischen hatten wir das Restaurant mit einem Eiscafé an der Promenade getauscht. Wir alle liebten das berühmte *Marash*-Eis, das durch bestimmte Zutaten und eine besondere Rührtechnik hart wurde und nicht nur durch Kälte, wodurch es eine einzigartige Konsistenz bekam und einen hervorragenden Geschmack. Außerdem bekam man nicht so schnell Halsschmerzen, wie das oft bei normalem Eis der Fall ist.

Ok hatte sich eine Süßspeise bestellt, die aus Pudding und echtem gekochtem Hühnerbrustfleisch, in feinste Fasern gezupft, hergestellt und auf Wunsch mit Eiscreme serviert wird. Natürlich war es von der Bedienung unachtsam, dass sie die von Ok bestellte Süßspeise mit der Eiskugel obendrauf zum Tisch brachte, obwohl er nicht anwesend war. Andererseits konnte sie aber nicht wissen, dass Ok für eine gefühlte halbe Stunde „für kleine Männer“ oder sonst wohin verschwunden war.

Jedenfalls war die Süßspeise zerlaufen und das Eis auch, zumindest meinte das Ok, als er endlich wiederkam. Für uns sah das alles noch genauso aus wie eben gebracht, nur das Eis hatte eine glasige Schicht bekommen. Ok machte den Kellner zur Schnecke, mein Mann war bereits aufgesprungen, hatte sich den Hund geschnappt und wollte gehen, und Tante Vim sah mich hilfesuchend an, ich solle doch was sagen, denn sie hatte gerade erst mit ihrem Schoko-Sahne-Karamell-Eis begonnen, das sie so sehr liebte.

In solch heiklen Momenten ist es manchmal besser, nichts zu sagen. Und so atmete ich wieder einmal tief durch, dachte „Frieden und Harmonie“, bis ich sie auch fühlte, schickte die Bitte „nach oben“, die Situation wieder in eine göttliche Ordnung zu bringen – immerhin war es ja Tante Vims Geburtstag –, und löffelte seelenruhig mein Eis weiter.

Mein Mann setzte sich wieder hin, der Hund kam zu mir.

Ok setzte sich auch, rührte aber seine Süßspeise nicht an, was wiederum uns alle nicht mehr berührte, und machte ein beleidigtes Gesicht.

Tante Vim löffelte genussvoll ihr Eis weiter, das gleiche, das auch ich mir bestellt hatte. Ich hatte gerade noch verhindern können, dass zu meinem Eis ein zweiter Löffel gebracht wurde.

„Das ist so lecker, davon schaffst du gut eine eigene Portion“, meinte ich nur.

Dann erblickte Hundchen drei Hunde gleichzeitig, die aus verschiedenen Richtungen auf uns zukamen, und reagierte mit lautem Gebell – natürlich, er saß ja an meiner Seite und somit war es seine Aufgabe, mich vor diesen Ungeheuern zu beschützen. Die nächsten Minuten waren wir alle damit beschäftigt, den Hund zu beruhigen und abzulenken und die drei Hunde zu verscheuchen. Mein Mann nahm nun die Leine und damit auch den Hund wieder an seine Seite.

Die folgenden Gesprächsthemen waren unverfänglich und wir genossen noch einen Tee, auch Ok.

„Du siehst aber sehr angestrengt aus", meinte Ok mit einem Blick auf mich.

„Ich bin müde. Bin total urlaubsreif", entgegnete ich.

„Also, ich mache mir jetzt echt Sorgen um dich."

„Ok, es ist alles in Ordnung. Ich bin nur müde."

„Lasst uns nach Hause fahren, damit das Mädel mal ausspannen kann", meinte daraufhin Ok und stand auf. Mein Mann bezahlte, auch die Süßspeise, die immer noch unberührt auf dem Tisch stand, jegliche Einwände von Ok lässig mit der Hand abwinkend. Tante Vim tupfte sich die Mundwinkel ab und wir setzten uns in Bewegung in Richtung Parkplatz. Mein Mann und ich waren mit Hundchen bereits beim Auto angekommen, Ok und *Abla* folgten ganz weit hinten langsam, sehr langsam.

„Was die immer alles zu quasseln haben", sagte mein Mann.

Warten war nicht gerade seine Stärke, auch nicht die meines Vaters und wohl generell nicht vieler Männer, wie ich mir habe sagen lassen. Muss wohl auch am Mars liegen …

* * *

Tante Vim musste dringend und belegte das untere Bad. Ich musste noch dringender und war die Treppe hochgestürmt, öffnete das Bad und es traf mich fast der Schlag. Ein Bild der Verwüstung bot sich mir. Die Badematte lag zerknüllt weitab des Platzes, an dem sie normalerweise lag. Die Spiegelschranktüren standen offen und gaben den Blick frei auf zwanzig Jahre alte Kosmetika, die danach schrien, endlich entsorgt zu werden. Eine nasse Badeshorts lag mitten im Raum auf dem Boden.

Ich identifizierte sie als die von Ok. Die Zahnpastatube war offen und ausgequetscht, daneben die Zahnbürste, beides auf der Waschmaschine. Das offene Duschgel auf dem Fußboden der Dusche und das Rasierzeug auf dem Behälter für schmutzige Wäsche. Ich beseitigte das Chaos, suchte das Duschlaken, das ich dann klatschnass auf seinem Bett fand, und hing es zusammen mit den Badeshorts nach draußen.

Der nasse Fleck im Bett, den das Duschlaken hinterlassen hatte, würde hoffentlich bis zum Schlafengehen getrocknet sein – ich jedenfalls würde ja nicht darin schlafen.

Aus tiefstem Herzen dankte ich dem Himmel für meinen Mann, der weitaus ordentlicher war. Den „Sockentick“ hatten ja wohl alle Männer, war auch so eine Mars-Sache. Bei uns zu Hause erledigte das Einsammeln der Socken meist morgens unser Hund, wobei er dann gar nicht so selten noch ältere Exemplare beispielsweise unter den Sofakissen hervorzog und alles in seiner Schlafstelle verbuddelte. Als unsere Söhne noch bei uns wohnten, hatte er da einiges zu tun.

Von unten erschollen jetzt wieder die klassische Musik und die Nachrichten im Fernseher. Ok saß auf der Terrasse, barfuß, mit seinem iPhone, das nun auch zur Geräuschkulisse beitrug, denn er hatte so einige Geburtstagsmomente per Film festgehalten und suchte sie jetzt.

Mein Mann war dabei, in der Küche eine überdimensionale Wassermelone zu zerlegen. Ich konnte ihn gerade noch rechtzeitig dazu bewegen, sein gutes Hemd und die weiße Hose auszuziehen.

Tante Vim verrichtete ihr Abendgebet und ich stellte schon mal kleine Schälchen mit den so heiß geliebten Kürbis- und Sonnenblumenkernen, den gerösteten Kichererbsen und diversen Nüssen auf den Tisch draußen auf der Terrasse. Auch die Teller für die Melone.

Die Sitzauflagen, die ich vorher ins Haus getragen hatte wegen der Katzen, hatte ich wieder auf die Gartenstühle verteilt und auch Ok eine unter den Allerwertesten geschoben.

„Nun kommt doch mal endlich! Wo seid ihr denn alle?“, rief Ok nun schon zum wiederholten Mal, und so setzte wenigstens ich mich schon mal dazu.

„Du siehst aber wirklich sehr müde aus“, meinte er, „ich mache mir echt Sorgen.“

„Ach, das wird schon. Ich brauche einfach nur ein paar Tage Ruhe“, sagte ich laut und übertönte Mozart, türkische Musik und die Stimmen aus dem iPhone.

„Na, da bist du hier ja richtig. Wirst dich hier gut erholen.“

Der Überzeugung war ich zwar nicht, aber wer weiß …

Irgendwann saßen dann alle am Tisch – meinen Mann musste ich vorher allerdings noch wecken, weil er zwar nur kurz „Augenpflege“ (Lieblingsausdruck meines Vaters) machen wollte, aber ruckzuck dann doch eingeschlafen war. Und Tante Vim hatte inzwischen die Latschen für die Terrasse an alle verteilt, denn barfuß auf dem Steinboden macht blasen- und nierenkrank, wie man ja weiß.

Als dann endlich alle auf ihrem Platz saßen, wurde es ruhiger, denn ich hatte darauf bestanden, dass CD-Player und Fernseher ausgeschaltet wurden. Und auch das iPhone, nachdem wir seine Aufnahmen zweimal angeschaut und bewundert hatten.

Hundchen saß unter meinem Stuhl, wo denn sonst, aber merkwürdigerweise war er weiß, wenn ich auf der rechten Seite hinunterschaute, und braungescheckt, wenn ich links hinuntersah. So beugte ich mich nach unten, um einen Blick unter den Stuhl zu werfen … da saß doch tatsächlich unser Hund dicht neben einer Katze auf Tuchfühlung. Dieser Katze hatte er wohl ein Dauerbleiberecht eingeräumt, denn sie blieb bis zu unserer Abreise als Dauergast auf der Terrasse oder zumindest in der Nähe, wenn Tante Vim mal wieder mit dem Besen die „Katzenplage“ anging und für eine Weile beseitigte.

„Em‘ne, wehe, du fütterst!“

„Nein, mach ich nicht.“

Jedenfalls nicht auf ihrem Grundstück – versprochen!

Ok besaß die erstaunliche Begabung, sämtliche Sprachen nachmachen zu können, ähnlich wie das Charlie Chaplin in Perfektion beherrschte. In seinem Film *Der Diktator* konnte man doch endlich einmal hören, wie sich Deutsch anhört, ohne auch nur ein Wort des Gesagten zu verstehen. Auf diese Weise sprach Ok auch fließend Russisch, Französisch und sogar Japanisch. Aber seine Lieblingssprache war Italienisch. So erzählte er uns, dass er letzte Woche ein Treffen mit einem Professor gehabt hatte, der begeisterter Italienreisender war und wohl auch etwas Italienisch konnte. Als Ok loslegte und geschlagene fünf Minuten fließend Italienisch sprach, meinte der Professor bewundernd, dass Ok wirklich hervorragend die italienische Sprache beherrsche, er selbst leider nur ein bisschen und daher hätte er auch nicht viel verstanden.

„Ist ein sizilianischer Dialekt", meinte Ok daraufhin.

„Ach so, alles klar", meinte der Professor und nickte, sichtlich erleichtert.

Wir bogen uns vor Lachen, als Ok seine Erzählung auf Italienisch fortsetzte …

Lustige Episoden aus Kindertagen wurden hervorgeholt und auch viele Ereignisse aus Schul- und Studienzeiten, das allerdings in verständlichem Türkisch oder Deutsch.

Irgendwann ging ich dann nach oben, gefolgt von Hundchen. Die Katze trollte sich auch davon.

Noch lange erscholl von unten Gelächter, das ansteckte und mich schmunzelnd einschlafen ließ. Hundchen grunzte längst vor sich hin. Er träumte sicherlich von Katzen …

* * *

Keine Ahnung, wie lange die drei noch debattiert und Geschichten aus alten Zeiten hervorgekramt hatten. Jedenfalls war ich am nächsten Morgen als Erste wach, setzte Tee auf, ging mit Hundchen Gassi – nicht allzu weit, versteht sich – und bereitete alles für ein schönes Frühstück vor.

„Ach, Em‘ne, so wie du schneidet keiner die Tomaten!“ oder „Ach, Em‘ne, bei meiner seligen Mutter, so wie du kocht keiner die Eier!“

„Afiyet olsun“ (frei übersetzt: „Lass es dir schmecken“), sagte ich dann und musste schmunzeln. Ich hatte auch so schon verstanden, dass sie es genoss, verwöhnt zu werden, und ich machte das wirklich gerne.

Und überhaupt, es ging doch nichts über ein schönes Frühstück. Auch als mein Mann noch praktizierte, gönnten wir uns meist eine Stunde Zeit, um den Tag mit einem gemeinsamen Frühstück zu beginnen. Und dazu gehörte immer ein schön gedeckter Tisch mit Blumen und Kerze, Servietten und vielen schönen Dingen auf schönen Tellern. So beginnt der Tag doch gleich anders. Meist war es so gemütlich, dass mein Mann sich nicht trennen konnte und ich ihn dann irgendwann zur Tür hinausschieben musste. Und auch den obligatorischen Abschiedskuss gab es, was wie so eine Art Segen war, den man dem Partner auf den Weg mitgab.

Heute sind wir beide im Ruhestand – zumindest, was meinen Mann betrifft. Das Frühstück dauert nun noch etwas länger, der Gesprächsstoff geht uns nie aus und den Kuss gibt es auch immer noch …

Oks Flieger ging gegen 13 Uhr. Zwei Stunden vorher musste er am Flughafen sein. Eineinhalb Stunden dauerte die Autofahrt dorthin. Das machte summa summarum dreieinhalb Stunden. Und das hieß Abfahrt von hier um 9.30 Uhr. Das wusste ich aber am Morgen noch nicht, als ich aufstand.

Jedenfalls war es jetzt 9.30 Uhr und alle schliefen noch tief und fest. Ich klopfte an Oks Tür und fragte mindestens dreimal: „Ok, wann geht dein Flieger?“, bis ich endlich ein gequältes „Um eins!“ hörte.

„Na ja, dann solltest du wohl mal so langsam aufstehen, es ist halb zehn!“

„Was?? Wieso weckt mich denn keiner?“ Im Zimmer wurde es lebendig.

„Hatte ja keine Ahnung, wann dein Flieger geht. Hat mir ja keiner was gesagt“, erklärte ich und fügte dann hinzu: „Da müsst ihr dann wohl ohne Frühstück los.“

„Wieso, ich hab ja nur Handgepäck. Und mit dem Auto können wir mehr Tempo drauflegen. Das schaffen wir schon“, sagte er, bewegte sich aber nicht. Schließlich schob ich ihn ins Bad, schickte meinen Mann zum Brotholen und packte eilig all die im Haus verteilten Sachen von Ok in seinen Handkoffer – auch seine Badeshorts von draußen.

Ok reiste immer ohne Koffer, nur mit Handgepäck, um die lästige Warterei an der Kofferausgabe zu umgehen, und kaufte sich lieber vor Ort alles, was er brauchte, neu. Die Zahnbürste bekam er sowieso von uns. Mein Mann hatte im Laufe der Jahre einen beträchtlichen Vorrat dieses wichtigen Utensils menschlicher Kultur angelegt, sodass wir gut und gerne an die fünfzig Leute versorgen könnten, falls es jemals eine große Familienfeier geben sollte, was der Himmel verhüten möge …

Im Vorbeigehen fiel mein Blick rein zufällig in Tante Vims Schlafzimmer, wo sie – man staune und wundere sich – doch tatsächlich mit Hundchen schmusend und kuschelnd auf der Bettkante saß. Er war aber auch so fluffig und weich wie ein Wattebausch, nachdem er gestern die Dusche mit meinem Mann teilen musste …

Ich jedenfalls hatte nichts gesehen und ging lächelnd nach unten.

Wir frühstückten ausgiebig, alle hatten die Ruhe weg. Hundchen und Katze saßen auch dabei und hofften darauf, dass etwas absichtlich oder unabsichtlich vom Tisch fallen würde. Ich atmete tief durch, lehnte mich zurück und verfolgte die Gespräche. Nun, es war ja nicht mein Flug …

Auf einmal meinte Tante Vim verzweifelt, dass sie die *Mevlüt*-Süßigkeiten nicht habe finden können, und Ok sollte doch für sich, die Familie und alle Bekannten die hübsch verpackten Tütchen mit *Lokum* mitnehmen, diesem türkischen Honig, der lecker schmeckt, aber an allen Zähnen kleben bleibt.

Jedes Jahr ließ Tante Vim anlässlich des Todestages ihrer Mutter, Gott hab sie selig, eine Art Messe lesen, die zu Hause abgehalten wurde, und jeder erhielt anschließend eine Tüte *Mevlüt*-Süßigkeiten. Sie hatte ganz viele Tütchen zum Verteilen mitgebracht in ihr Sommerhaus.

„Soll ich noch mal nachschauen?“ In meinem Kopf war im Bruchteil einer Sekunde das Bild eines schwarzen Koffers aufgeblitzt.

„Findest du nicht, ich habe schon überall gesucht. Sind nicht da, Em‘ne.“

Ich ging trotzdem nach oben. Da stand dieser schwarze Koffer in der Ecke, ich öffnete den Reißverschluss des Seitenfachs und griff ganz tief hinein … in einen Berg von

Tüten voller *Mevlüt*-Süßigkeiten. Auf meinen Armen balancierte ich eine Menge Tüten, als ich nach unten ging, und fragte: „Sind sie das?“

Ok wehrte sich mit Händen und Füßen, alle diese Tüten mitzunehmen. Man einigte sich schließlich auf eine vertretbare Anzahl angesichts des kleinen Handkoffers und Oks strikter Weigerung, eine Tragetüte zu nehmen, die Tante Vim schon in der Hand hielt.

Dann machte man sich endlich bereit für eine Verabschiedung mit Handkuss für *Abla* und Umarmung und dem Ausruf: „Ok, deine Schuhe! Du kannst doch nicht in Latschen gehen!“

Das Auto fuhr los und Tante Vim kippte eine Schüssel Wasser hinterher, ein türkischer Brauch, der dem Reisenden eine leichte, fließende Reise schenken soll. Diese alten Bräuche haben die Eigenheit, dass sie meist tatsächlich wirken. Jedenfalls erzählte mein Mann dann später, als er wieder zurück war, sie seien wie ein geölter Blitz gefahren (wohl eher wie ein Wasserstrahl), die Straßen seien leer gewesen und der Flieger habe eine Stunde Verspätung gehabt. Sie hätten sogar noch Zeit für einen Kaffee gehabt … na, was sagt man denn dazu?

* * *

„Em‘ne, du kannst jederzeit die Waschmaschine benutzen!“

Dieses Angebot kam inzwischen verdächtig häufig, sodass ich mal einen Blick in den Wäschepuff tat. Der Inhalt, zusammen mit Oks Bettwäsche und Handtüchern, würde sicherlich eine volle Maschine abgeben, wenn man noch unsere Handtücher dazu tat. Von meinem Mann ließ ich mir vorsichtshalber noch einmal bestätigen, dass ich alles richtig eingestellt hatte. War ja alles in Türkisch beschriftet. Ich sprach zwar ganz gut Türkisch, aber bei Gebrauchsanweisungen fragte ich doch lieber nach.

Technik ist auch sowieso nicht so ganz meine Stärke. Am liebsten habe ich Geräte mit nur einem Knopf – dem für An und Aus. Aber da wohl meistens Männer irgendwelche Geräte erfinden, die für Frauen gedacht sind, haben wir eben wieder das Mars-Venus-Problem.

Tante Vim konnte ich nicht fragen, die war irgendwie verschwunden. Außerdem war sie noch schlimmer als ich bei allem, was Technik betraf. Aber der Knopf war gedrückt, die Schalter richtig eingestellt und den Rest machte die Maschine alleine. Was für geniale Männer, die solch eine Maschine erfunden haben … also, wem Ehre gebührt, der soll sie auch haben. Waschmaschinen sind eine geniale Erfindung, jedenfalls soweit sie nicht mit tausend Schaltern ausgestattet sind, von denen frau die Hälfte nie benutzt. Aber dies war eine Maschine mit wenigen Schaltern, eine sehr alte Maschine.

Mit einer Apfelschorle setzte ich mich nach draußen zu meinem Mann. Nach einer Weile hörte ich den Hund bellen – drinnen. Ich hatte ihn wohl versehentlich eingesperrt, als ich durch die Fliegengittertür auf die Terrasse ging.

„Muss der Hund schon wieder raus?“, fragte mein Mann und sah von seinem Kreuzworträtsel hoch.

„Eigentlich nicht.“ Ich stand auf, um die Fliegengittertür zu öffnen.

Wieso hatte der Hund denn so nasse Pfoten? Da stimmte doch was nicht. Ich ging ins Haus und stand auf nassen Teppichen. Auch die Treppe war nass, was zum einen nicht so schlimm war, da sie aus Marmor war, zum anderen aber die Rutschgefahr wesentlich erhöhte. Das Wasser kam aus dem Badezimmer im oberen Stock, das neben der Treppe gelegen war und in dem die Waschmaschine ihr Letztes gab. Das untere Bad wäre zu klein gewesen für eine Waschmaschine.

Mein lautes „Um Himmels willen!" ließ unverzüglich meinen Mann herbeieilen, der erst einmal den Wasserhahn zudrehte und die Maschine ausstellte. Bewundernswert, wie mein Mann angesichts solcher Katastrophen immer so cool bleiben konnte.

„Die Teppiche raus auf die Terrasse", und schon schleppten wir zu zweit die drei Teppiche hinaus, zwei kleine und einen großen. Zum Glück hielt sich der Schaden in Grenzen. Tante Vim war inzwischen von den Nachbarn auch wieder zurück, mein Schrei war auch dort zu hören gewesen.

Zu dritt rückten wir der Überschwemmung zu Leibe. Tante Vim war damit beschäftigt, alte Handtücher und verfügbare Lappen herauszusuchen, die wir benutzen konnten, um vor allem die Teppiche zu bearbeiten, damit später keine hässlichen Wasserränder zurückblieben.

Der Monteur des Dörfchens war heute in einem Nachbarort, also nicht verfügbar, wie man uns sagte, aber morgen …

Am nächsten Tag fuhr mein Mann dann gegen Abend los, um den Monteur zu holen, notfalls auch von dem Ort, wo er angeblich schon den ganzen Tag mit einer wichtigen Reparatur festsaß. Nach zwei Stunden, es wurde schon dunkel, hielt das Auto und mein Mann stieg mit dem Monteur aus. Er meinte, die Waschmaschine sei wohl lange nicht mehr benutzt worden, und wechselte ein wichtiges Teil aus, das er aufgrund der Schilderungen meines Mannes mitgebracht hatte.

Am nächsten Tag war Samstag – da durfte nicht gewaschen werden. Als ich damals meine Schwiegermutter, Gott hab sie selig, nach dem Grund fragte, gab sie an, dass seinerzeit ihr Mann und auch ihr Bruder und noch irgendein Verwandter an Samstagen verstorben seien, an denen sie gewaschen hatte. Sie nahm mir das Versprechen ab, niemals samstags zu waschen. Nun, das war immerhin ein sehr ernst zu nehmender Grund und von Stund an wurde in meinem Haus samstags nie wieder gewaschen – bis heute nicht.

Versprochen ist immerhin versprochen. Auch als ich sah, dass andere türkische Familien sehr wohl samstags Wäsche wuschen, blieb ich meinem Versprechen treu. Auf gar keinen Fall wollte ich schuld am Tode von irgendjemandem sein. Mein Vater ist jedenfalls nicht an einem Samstag verstorben …

Und dann war Sonntag, der Samstag war vorbei. Jetzt wollte ich's wissen, mein Mann auch, ob die Maschine wieder funktionierte. Tante Vim war es egal, und ich hegte langsam den Verdacht, dass sie ihre Wäsche der Putzfrau mitgab, die jede Woche kam. Viel war das ja nicht.

Mein Mann drehte den Wasserhahn auf und stellte die Maschine an. Die Maschine zog Wasser und zog Wasser und zog weiterhin Wasser, bis es ihr oben wieder herauskam. Auch dann hörte sie nicht auf, Wasser zu ziehen. Dem Wasser blieb gar nichts anderes übrig, als sich einen Weg ins Freie zu bahnen. Ich glaube, es war doch zu viel Wasser gewesen, das Tante Vim dem Auto hinterhergegossen hatte.

„Stopp! Stopp!“, schrie ich.

Mein Mann drehte den Wasserhahn eilig wieder zu und ich begann aufzuwischen. Das Wasser war zum Glück noch im Bereich des Badezimmers.

„Ich ruf sofort den Kerl an!“, sagte mein Mann und meinte damit den Monteur. Da es für Handwerksbetriebe in den Sommermonaten an Urlaubsorten keine freien Samstage und auch keine freien Sonntage gibt, konnten wir hoffen, dass er heute noch einmal vorbeikommen würde. Er kam tatsächlich, ein bisschen spät, aber er kam und erklärte meinem Mann, dass es ihn gar nicht wundere, dass „das“ wieder passiert sei.

Auf die erstaunte Frage meines Mannes nach dem Grund meinte er nur, er habe ja ein gebrauchtes Gerät eingesetzt.

„Aha“, sagte mein Mann, „und warum ein gebrauchtes?“

„Ich habe zurzeit kein anderes da“, entgegnete er und beeilte sich, noch hinzuzufügen: „Manchmal funktioniert das.“

„Aha“, sagte mein Mann, „bei uns hat es aber nicht funktioniert.“

„Nö“, meinte der Monteur und ein breites Grinsen erschien langsam auf seinem Gesicht.

„Und was machen wir jetzt?“

Ja, jetzt müsse er eben ein Ersatzteil für diese Waschmaschine bestellen, das könne aber dauern. Wie lange, wisse er allerdings auch nicht. Sei ja schon ein altes Ding, die Maschine.

Mein Mann gab ihm sicherheitshalber das Datum unserer Abreise bekannt – flüsternd, damit *Abla* es nicht hörte, denn das hätte sofort unkontrollierbare Tränenergüsse zur Folge gehabt und wütende Vorwürfe wie: „Warum fahrt ihr denn schon wieder? Immer bleibt ihr nur so kurz!“, wobei es überhaupt keine Rolle spielte, ob wir nur eine Woche oder wie früher sechs Wochen und mehr blieben. Für sie waren es immer gefühlte drei Tage. Immer wenn die Abreise näher rückte, packten wir unsere Sachen meist heimlich bei Nacht und saßen noch gemütlich beim Frühstück, wo wir dann langsam durchblicken ließen, dass wir denn heute abfahren würden. Meist ahnte sie es schon, denn an diesem Tag kam mein Mann morgens nicht nur mit dem Brot zurück, sondern mit einer Menge großer Tüten und einer großen Melone. Verpflegung für mindestens zwei Monate, denn so lange blieb sie nämlich noch, bevor sie per Bus wieder nach Istanbul zurückfuhr.

Nebenbei gesagt, das Ersatzteil für die Waschmaschine wurde dann tatsächlich erst eine Stunde vor unserer Abreise eingesetzt. Unsere Abfahrt verschob sich also um einen Waschgang, wobei wir den Monteur zwangen, so lange zu bleiben, bis Entwarnung gegeben war.

An den Tagen dazwischen war ich zu einer Waschmeisterin geworden. Mit unfehlbarer Frauenlogik wusste ich bald ganz genau, wann ich der Maschine den Hahn abdrehen musste, weil genug Wasser in der Trommel war, und wann ich den rechten Schalter weiterdrehen musste, damit das Wasser dann wieder ablaufen konnte. Die Maschine teilte mir das mit einem „Klick“ mit. Das klappte prächtig, war nur zeitaufwendig, weil ich ja danebenstehen musste. Aber auch da wusste ich mir Rat: ein Stuhl, ein Buch, eine Apfelschorle und natürlich Hundchen neben mir, allerdings ohne Katze.

Tante Vim war begeistert, wie gut das funktionierte. Das hatte auch für sie den Vorteil, dass ich ihrem unentwegten Redefluss nicht mehr entfliehen konnte, da ich ja ein Auge auf die Maschine haben musste. Und so übte ich mich im Zuhören, dem richtigen, dem aus dem Herzen, und das tat ihr und auch mir sehr gut.

„Em'nehe?“ Das „he“ kam immer hinten dran, wenn sie etwas wollte, das eigentlich nicht machbar war.

„Jaha?“

„Was meinst du, kann man die alten Gardinen eigentlich waschen?“

„Weiß ich nicht. Welche denn? Und wie alt sind die denn?“

„Na ja, die in meinem Schlafzimmer ist etwa hundert Jahre alt“, sagte sie, „von meiner Großmutter noch, Gott hab sie selig“, und fügte dann hinzu: „Sehr wertvoll, weißt du?“

Ich sah mir die Gardine an. Ein echtes Prachtstück an Handarbeit mit umhäkelten Watteböllchen als Bommeln unten dran. Im Grunde genommen unbezahlbar und daher auch nicht waschbar.

„Wie hat man die denn damals gewaschen?“, fragte ich.

„Damals war die ja noch nicht alt.“

Ach so, das war natürlich einleuchtend.

„Also, mal ganz ehrlich, *Abla*, die würde ich nicht waschen, auch nicht mit der Hand.“

„Ja, nicht wahr? Das habe ich der Putzfrau auch gesagt … Und die andere?“

„Welche andere?“

„Die in eurem Zimmer!“

„Also, die könnte man eventuell per Hand mit einem Wollwaschmittel oder mit Shampoo waschen. Ich würde das erst an einer kleinen Ecke probieren, ehe man die ganze Gardine nass macht“, und ich dachte da an die Ecke, wo die Fledermaus gehangen hatte. „Frag mal die Putzfrau, diese älteren Dorffrauen wissen das meist am besten“, sagte ich und beeilte mich hinzuzufügen: „Ich gehe da auf gar keinen Fall dran! Das könnt ihr doch sicher gut draußen auf der Terrasse machen.“

„Ach, ich denke, sie soll die mal ruhig mit zu sich nach Hause nehmen.“

Und weil wir schon bei den Gardinen waren und ich unvorsichtigerweise angemerkt hatte, dass auch die Übergardinen ziemlich schwarz seien, wurde beschlossen, dass diese edlen Stoffe, die zwar nicht annähernd so alt waren, aber doch sehr teuer und wertvoll, alle in den nächsten Tagen abgenommen, in die Reinigung gegeben und anschließend von uns wieder aufgehängt werden sollten. Tante Vim war allerdings ein wenig gehandicapt mit ihrem Arm wegen der Brustoperation damals.

Zimmer für Zimmer bekam langsam ein anderes Aussehen, auch Tante Vim, die über das ganze Gesicht strahlte.

„Du weißt doch, Em‘ne, dass das alles in Allahs Buch eingetragen wird. Ist doch bei euch Christen genauso, oder? Alles, was du hier tust, sind Pluspunkte in seinem Buch“, sagte sie.

„Ist mir eigentlich ziemlich egal, ob das eingetragen wird oder nicht. Wir machen das alles gerne für dich", sagte ich und setzte den letzten Stopper in die Gardinenstange.

„Aber ins Buch wird das auf jeden Fall eingetragen. Da kannst du sicher sein", sagte Tante Vim nun ganz bestimmt.

Na gut, kann ja nicht schaden …

Da wir sowieso dabei waren, das Haus auf Vordermann zu bringen, ausgelöst durch die mittelgroße Überschwemmung und die Teppiche, die immer noch nicht ganz getrocknet waren, beschloss Tante Vim, dass die Putzfrau nun mal ordentlich durchputzen solle, inklusive der Fenster, die wegen der wertvollen Gardinen oft vernachlässigt wurden. Und von denen gab es eine Menge. Da ich keinerlei Lust verspürte, den ganzen morgigen Tag zusammen mit der Putzfrau und mit Putzlappen zu verbringen, machte ich meinem Mann den Vorschlag, morgen doch einen Ausflug mit uns zu unternehmen, inklusive eines leckeren Mittagessens in einem schönen Restaurant am Strand und anschließendem Eis.

So packten wir am nächsten Morgen Tante Vim und Hundchen ins Auto und freuten uns auf einen schönen Tag. Es war wirklich schön und erholsam, mal nichts zu tun, keinen Stress und keine Hektik zu haben. Wir alle liebten solche Ausflüge und wir wussten auch, dass Tante Vim sie allein nicht unternahm.

Sehr spät am Nachmittag fuhren wir dann wieder zurück. Die Putzfrau hatte ihre Arbeit sicherlich beendet und das Haus würde nach Sauberkeit duften. Als wir ankamen, waren die Stühle auf der Terrasse allerdings immer noch auf den Tisch hochgestellt und überall waren Blutspuren. Und als wir ins Haus traten, blieben wir entgeistert in der Tür stehen. Auch hier war überall Blut, wie in einem Krimi.

„Hatice!!!“, schrien wir alle durcheinander und suchten die Putzfrau im ganzen Haus. Keine Spur von Hatice, aber überall Blutspuren.

Mein Mann fand dann nahe der Eingangstür einen Zettel, den der Wind wohl vom Tisch geweht hatte, als wir die Haustür öffneten. Hatice hatte in Eile ein paar Worte hingekritzelt: „Vom Schemel abgerutscht! Bein aufgeratscht! Bin zum Krankenhaus!“

Mein Mann und Tante Vim fuhren sofort los. Ich blieb daheim, mit Hundchen hätte man uns da sowieso nicht reingelassen.

Dafür begann ich, das Chaos zu beseitigen, zog Gummihandschuhe an und arbeitete mich Schritt für Schritt, Lappen für Lappen, langsam voran, denn es war nicht anzunehmen, dass Hatice in absehbarer Zeit hier wieder erscheinen würde. Und zum Putzen schon mal gar nicht.

Was war bloß los in diesem Jahr? Ich meine, es ist ja immer was los in unserem Urlaub, aber dieses Jahr war es absolut gipfelmäßig. Im nächsten Jahr werde ich wohl doch lieber meine Freundin bitten, vorher nachzusehen, ob es Katastrophen-Quadrate am Sternenhimmel gibt …

* * *

Der nächste Tag verlief recht ruhig. Die Putzfrau hatte zum Glück keine ernsthaften Verletzungen – keine Knochenbrüche oder ähnliches – erlitten.

Anstatt die Leiter aus der Kammer zu holen, war sie auf einen wackeligen dreibeinigen Schemel gestiegen und beim Fensterputzen abgerutscht, wobei sie sich mit ihrem Schienbein an der scharfen Kante des Heizkörpers ziemlich heftig verletzt hatte.

Es war das letzte Fenster gewesen, alle anderen hatte sie bereits fertig geputzt – auf dem Schemel balancierend. Sie war eine gute Seele, eine ältere gemütliche Frau mit sehr mütterlichen Rundungen. Es war erstaunlich, wie sie bei dieser Körperfülle so schnell putzen konnte. Für einen Großputz kam sie morgens und ging am Abend wieder und das Haus war dann blitzblank. Allerdings war sie manchmal ein wenig schusselig. So hatte sie einmal den teuren Staubsauger ruiniert, weil sie unglücklicherweise den Eimer mit Putzwasser über ihn geschüttet hatte. Wieder war es der Schemel – denn sie hatte den Eimer darauf abgestellt, um sich nicht dauernd bücken zu müssen. Also Schemel, vor allem dreibeinige, sollten generell aus Haushalten entfernt werden, meine ich, angesichts der vielen Unfälle, die sie zu verursachen scheinen.

Es kam auch nicht selten vor, dass Hatice eine mehr oder weniger wertvolle Nippes-Figur fallen ließ, von denen es hier eine Menge gab, und dann das Ganze irgendwie wieder zusammenbastelte, weil sie Angst hatte, es Tante Vim zu sagen. Es war dann eine Frage der Zeit, wann das provisorisch zusammengesetzte Stück wieder auseinanderfiel. So erzählte mir Tante Vim, dass sie einmal gemütlich auf dem Sofa saß und im Fernsehen einen Film sah, als sich plötzlich bei der Figur, die oben auf dem Apparat stand, erst der eine Arm löste und zu Boden fiel, dann der Kopf folgte und schließlich die ganze Figur zusammenbrach. Da es kein Erdbeben gegeben hatte, konnte das nur Hatice gewesen sein.

Und nachdem Hatice mit ihrem breiten Allerwertesten auch noch eine teure Stehvase zu Bruch hatte gehen lassen – denn Hatice wischte den Boden auf den Knien rutschend, wie viele Putzfrauen ihres Alters das noch tun –, ließ Tante Vim sie künftig beim Putzen nicht mehr aus den Augen. Das war für Hatice sicherlich sehr anstrengend, denn Tante Vim sah jedes Staubkorn, jede nicht geputzte Ecke und achtete peinlich genau darauf, dass die Deckchen alle wieder zentimetergenau so hingelegt wurden, wie sie vorher gelegen hatten – auch auf der Klospülung. Aber Hatice wusste sowieso genau, wo was hingehörte und dass auch die Sofakissen in einer bestimmten Formation zu stehen hatten, war sie doch schon viele Jahre in diesem Haus als Putzhilfe tätig. Sie nahm Tante Vims Anweisungen und auch Meckereien mit einer bewundernswerten Gelassenheit hin. So hatte sich im Laufe der Jahre eine gute Putzgemeinschaft gebildet: Hatice putzte und Tante Vim sah zu …

Nun allerdings würde Hatice für eine ganze Weile ausfallen.

Die Blumen, die Schokolade und die liebevollen Genesungswünsche, die Tante Vim und mein Mann ihr mitgebracht hatten, zauberten sogar ein Lächeln auf ihr Gesicht. Und erst recht der dicke Umschlag, der einen wesentlich größeren Betrag enthielt, als sie sonst von Tante Vim bekam. Das war doch wohl das Mindeste, was man im Moment für sie tun konnte.

Für die nächste Zeit jedoch war das Haus erst einmal

sauber, nachdem ich Hatices Arbeit heroisch beendet und die Spuren des Unfalls beseitigt hatte.

* * *

Ganz selten überkam mich, wenn wir bei Tante Vim waren, die Lust, etwas zu kochen. Aber heute war so ein Tag. Eigentlich koche ich sehr gerne und auch recht gut. Wenn es wie in Tante Vims Miniküche an allen Grundlagen – wie beispielsweise Mehl und Gewürzen – fehlt, um der Kochkunst Ausdruck zu verleihen, , dann löst sich die Lust allerdings sehr schnell wieder in Wohlgefallen auf.

Just in diesem Moment fuhr langsam ein Bauer mit seinem Traktor vorbei, der Auberginen, Zucchini und Melonen lautstark anpries. Mein Mann strahlte über das ganze Gesicht.

„Oh, gebackene Auberginen mit Knoblauch-Yoghurt!!! Super! Das machen wir heute!“, sagte er und war schon losgerannt – ohne die Latschen zu wechseln, was Tante Vim zum Glück nicht gesehen hatte.

Dann folgte eine kleine Debatte, in der ich meinen Mann davon überzeugte, dass es besser sei, wenn ich das Kochen übernehmen würde, damit er sich in Ruhe weiter seinen Kreuzworträtseln widmen könne. Mein Mann war zwar ein hervorragender Koch, aber wenn er kochte, dann mit viel südländischem Schwung und ohne Schürze. Und da ich nach der gestrigen großen Putzaktion absolut keine Lust hatte, dies heute fortzuführen, hatte ich bereits ein großes Glas Apfelschorle für ihn bereitet und pries in den höchsten Tönen die paradiesische Ruhe und das kühlende Lüftchen auf der Terrasse an – mit Erfolg, denn diesem Angebot konnte er nicht widerstehen, zumal auch Tante Vim ihn nicht mit ihrem Redefluss stören würde. Sie war nämlich oben in ihrem Zimmer damit beschäftigt, alte Kleidungsstücke auszusortieren, die sie an arme Dorfleute weggeben wollte.

Nach dem Frühstück hatte sie gesagt: „Em'ne, können wir nachher beide meinen Kleiderschrank mal durchgehen? Der ist so voll und ich will ein paar Sachen ausrangieren, weiß aber nicht welche. Du musst mir dabei helfen – bitte."

„Weißt du was, *Abla*, am besten ist es, wenn du selber erst einmal nachschaust, was da überhaupt in Frage käme. Und diese Stücke legst du raus. Dann können wir später gemeinsam die Sachen durchgehen." Das Letzte, was ich jetzt wollte, war ein stundenlanges Anprobieren und endlose Hin-und-Her-Debatten nach dem Motto: „Ach nein, das ziehe ich vielleicht doch noch mal an!"

Heute wollten wir im Knoblauch schwelgen, so richtig penetrant von einer Wolke umgeben sein, die – wie man weiß – sogar Vampire in die Flucht schlagen kann und Mücken sicherlich auch. Den Geschmack von frischen, klein gehackten Knoblauchzehen noch lange nach dem Essen genüsslich auf der Zunge haben … Na ja, wir hatten heute ja nichts Besonderes vor und überhaupt war Knoblauchgeruch in der Türkei sowieso kein Thema. Von Knoblauchpressen hielt ich nicht viel, da sie zu viel „guten" Abfall und zu wenig gepressten Knoblauch produzierten. Wenn ich die Zehen mit dem Messer sehr, sehr fein schnitt und hackte, dann war das herzhafter und man warf nicht den Großteil der Zehen in den Abfall.

Die Schüssel mit Yoghurt, reichlich Knoblauch, etwas Salz und etwas feinem Olivenöl war bereits fertig und stand auf der Küchenablage. Die Auberginen, zur Hälfte durchgeschnitten, hatten auch zehn Minuten in Salzwasser gelegen. Ich tupfte sie ab und schnitt sie in mitteldicke längliche Scheiben. Das Ausbacken in einem breiten Topf (oder einer hohen Pfanne) mit Öl war eine saubere Angelegenheit, wenn man die Fläche und die Kacheln darum herum mit Küchenpapier auslegte.

Die Zucchini kamen anschließend an die Reihe, auch der Länge nach in Scheiben geschnitten. Die Kunst war eigentlich nur, aufzupassen, dass man sie nicht zu dunkel werden ließ.

Der Duft dieses herrlichen Sommergerichts südländischer Küche verbreitete sich schnell im und um das Haus herum. Mein Mann kam, deckte den Tisch auf der Terrasse, und auch Tante Vim ließ vom Kleiderschrank ab und kam zu Tisch. Das frische türkische Brot war in dickere Scheiben geschnitten und rundete mit seinem Duft das Bouquet eines köstlichen Essens ab.

Wir schwelgten in Genüssen, bis wir nicht mehr konnten, und erholten uns dann anschließend bei einem kleinen Mittagsschläfchen. Hundchen blieb unten im Wohnzimmer, rollte sich in die Ecke und vergrub seine Nase tief in seinem Fell.

Am Nachmittag rief ich dann meine Mutter an, wie etwa alle zwei bis drei Tage, um zu hören, wie es ihr ging.

„Hallo, Mutti, ich bin es!“

„Ach, du schon wieder?“, sagte sie und wir lachten beide.

„Ja, ich schon wieder. Wir hatten gestern hier einen Unfall. Die Putzfrau ist vom Hocker gefallen und hat sich schwer am Schienbein verletzt. Im Krankenhaus hat man sie aber gut versorgt. Gebrochen hat sie sich zum Glück nichts."

„Na, Gott sei Dank", war alles, was sie darauf sagte, gefolgt von: „Moondoggie hat heute wieder seinen Diättag …"

Diättag war die Erfindung meiner Mutter, wenn der Hund sein Fressen nicht anrührte.

„Na, dann hast du ihn wohl wieder mit Resten von deinem Essen oder sogar Käse gefüttert?"

„Aber ich gebe dem Hund doch keinen Käse! Das weiß doch jeder, dass Hunde davon ihren Geruchssinn verlieren."

„Mutti, du weißt doch, dass du so einem kleinen Chihuahua sehr schadest, wenn du ihm von deinem gewürzten und vor allem stark gesalzenen Essen was gibst."

Das Essen, das sie von „Essen auf Rädern" bekam, war meist ziemlich stark gesalzen. Nachdem ihr Blutdruck plötzlich in die Höhe ging, haben wir ihr geraten, auf keinen Fall mehr die Suppen zu essen, und ihr Blutdruck normalisierte sich recht schnell wieder.

„Hab ich doch gar nicht! Und das halbe Würstchen gestern Abend hat er gut vertragen."

„Scheinbar nicht, Mutti."

Es war völlig sinnlos, ihr nochmals erklären zu wollen, dass diese kleinen Hunde solche „Leckereien" nicht gut vertragen. Und ein halbes Würstchen, das war in etwa Moondoggies ganze Beinlänge – so winzig war dieser Hund nämlich. Also sowieso viel zu viel für den kleinen Kerl, mal ganz abgesehen von all den Gewürzen, dem Pökelsalz und dem Fett darin.

Schlagsahne fütterte sie zum Glück nicht, wobei es am Anfang auch schwierig war, ihr klarzumachen, warum das bei Katzen geht, bei so kleinen Hunden aber nicht. Und dass Chihuahuas von Schokolade sogar sterben können, das war tatsächlich in ihrem Gedächtnis haften geblieben.

Zum Glück ließ Moondoggie die Herztabletten liegen, die meiner Mutter immer wieder mal runterfielen. Die rochen wohl nicht gut. Und Moondoggie war ein absoluter Feinschmecker.

„Der Hund wird morgen schon wieder fressen, Mutti. Lass ihn einfach in Ruhe und gib ihm auch keine „Betthupferl“ oder Ähnliches, hörst du?“

„Mach ich. Ich gebe ihm nichts“, sagte sie. „Geht‘s euch gut?“

„Ja, Mutti, bestens.“

„Ich zähle die Tage, bis ihr kommt.“

„Wir nicht, Mutti.“

„Braucht ihr ja auch nicht. Aber ich darf das.“

„Na, wenn‘s dir Spaß macht“, sagte ich und lachte.

„Ach, weißt du, Mutti, gut, dass du nicht hier bist – wir haben heute ganz viel Knoblauch gegessen!“ Meine Mutter hasste Knoblauch schon immer, sehr zum Leidwesen meines Vaters, der ihn heiß liebte. Wenn er mit uns in der Türkei war, begann er bereits morgens mit seiner ersten Knoblauchzehe. Wir mussten da im Laufe des Tages mithalten, sonst wäre das nicht auszuhalten gewesen. Dass das bei seinem niedrigen Blutdruck eher kontraindiziert war, interessierte ihn überhaupt nicht.

„Geben Sie Ihren Kindern Knoblauch und Sie finden sie im Dunkeln“, sagte meine Mutter.

„Na ja, unser Hund findet uns jetzt ganz sicher auf eine Entfernung bis zum fünften Dorf! Und er hat schon angekündigt, dass er heute Nacht woanders schlafen will“, entgegnete ich und wir lachten beide.

„Na, dann mal tschüss und viele Grüße an alle!“, sagte sie.

„Ja, von uns auch – das späte Mädchen lässt dich besonders herzlich grüßen.“

„Wer?“

„Na, Tante Vim.“

„Ach so – ja, ist ja auch ein spätes Mädchen, hast Recht“, sagte sie und lachte.

„Hab dich lieb, Mutti. Und pass auf dich auf!“

„Ich dich auch. Und passt auf euch auf, dass ihr wieder heil nach Hause kommt.“

„Machen wir!“

Am Nachmittag sortierten wir dann Kleidungsstücke von Tante Vim aus. Das verlief sogar ganz reibungslos, weil ich mich eisern durchsetzte bei Sachen, die völlig aus der Mode und daher einfach nicht mehr tragbar waren und es in absehbarer Zeit auch nicht mehr sein würden. Tante Vim bewahrte Kleidungsstücke bis zu dreißig Jahre und länger auf, weil sie der Überzeugung war, dass ja alles wieder irgendwann in Mode komme, und es war ihr absolut nicht klarzumachen, dass man den Sachen auch dann noch ansehen würde, dass sie einer längst vergangenen Mode-Epoche entstammten.

„Ach, weißt du, Em‘ne, für dieses Dörfchen hier ist das doch egal. Die Leute hier merken das doch nicht mal“, erwiderte sie, womit sie sogar Recht haben könnte.

Jedenfalls konnte sie mit diesem Argument immer wieder punkten, und deshalb wanderte so manches Teil zurück in den Schrank oder die Kiste. Bei besonders hartnäckigen Fällen befragten wir dann meinen Mann, ihren Bruder, auf dessen Meinung sie sehr viel Wert legte, da er einen ausgesprochen guten Geschmack hatte, was Mode betraf. Dieser Meinung war ich allerdings auch. Ich ging nie ohne meinen Mann einkaufen. Er hatte ein unglaubliches Talent, die tollsten Stücke zu finden und sie dann zu einem klasse Outfit zusammenzustellen. Daher war mit einem „Um Gottes Willen, *Abla*, weg damit!“ dann auch meist ohne weiteren Kommentar das Urteil über Tante Vims alte „Schätzchen“ gesprochen.

Zu guter Letzt mogelte ich noch einige vorsintflutliche Kleidungsstücke aus meinem Schrank dazu, wobei ich aufpassen musste, dass Tante Vim sie nicht mit einem „Oh, das kann *ich* doch noch anziehen!“ wieder herausfischte.

Ich kannte solche Diskussionen von meinen Eltern. Mein Vater fischte so manches gute alte Stück noch aus der Mülltonne, in die meine Mutter es getan hatte, weil es sogar für die Kleidersammlung bereits zu schäbig war. Es gab dann eine Riesendiskussion über Verschwendung und in den darauffolgenden Tagen zog er demonstrativ nur noch dieses Teil an.

Mein Mann war da anders. Spätestens dann, wenn sich die Hemden in seinem Schrank in der Enge „quälten“, wie er es nannte – wenn also absolut nichts Neues mehr hineinpasste –, fing er an, alte Sachen auszurangieren. Ich muss gestehen, dass ich ihn dafür bewunderte.

„Tee ist fertig!“, rief dieser Schatz von einem Mann von unten. Und somit war ich erst einmal erlöst.

Von der Katzenfreundin unseres Hundes war heute nichts zu sehen. Ich glaube, das lag am Knoblauch …

* * *

„Seid ihr heute Nachmittag zu Hause?“, fragte mich eine ältere Dame mit Kopftuch ein paar Gässchen weiter, als ich mit Hundchen am Vormittag des nächsten Tages Gassi ging.

Dieser scheinbar so harmlose Satz veranlasste mich allerdings, sofort umzudrehen und eilends nach Hause zu laufen. Vor dreißig Jahren noch hätte dieser Satz alle Frauen eines Haushalts in helle Aufregung und hektische Betriebsamkeit versetzt. Aber auch heute noch verfehlte er seine Wirkung nicht.

„*Abla*! Wo bist du?“, rief ich ins Haus. „Die Frau von der unteren Straße, da, wo die Blumentöpfe auf der weißen Mauer stehen, hat mich eben gefragt, ob wir heute Nachmittag zu Hause sind!“ Ich wusste, was jetzt folgen würde. Und da erschallte auch schon ihre hektisch gewordene Stimme: „Em‘ne, los, schnell. Die Stühle auf der Terrasse hoch. Und hol den Reisigbesen – der steht unten im Bad hinter der Tür. Und schließ den Wasserschlauch auf der Terrasse an, ich mache derweil …“

Sie war schon die Treppe nach oben gerannt.

Dieser ominöse Satz, der so viel Aufruhr verursachte, bedeutete nämlich, dass heute Nachmittag eine ganze Gruppe von Nachbarsfrauen zum Teetrinken kommen würde. Inzwischen weiß ich, dass zum Tee diverse andere Dinge erwartet werden wie Blätterteig-Pasteten, Salzgebäck und auch Kuchen – und alles bitte selbstgemacht.

In den Großstädten wird das heute lockerer gehandhabt. Da würde man schnell von einem guten Bäcker etwas Süßes und etwas Salziges holen und aus dem Tiefkühler für diese Momente vorbereitete Spezialitäten oder Kuchen. Aber in den Dörfern und kleinen Örtchen pflegt man noch die alten Traditionen. Zwar sind sie auch im Laufe der Jahre und in Anbetracht der steigenden Anzahl berufstätiger Frauen sehr viel lockerer geworden, aber für Selbstgebackenes erntet man immer noch Pluspunkte auf der Skala für „gute Hausfrauen".

Frauen kommen eben von der Venus …

Das Dargereichte stellt aber auch so eine Art Ehrerbietung gegenüber den Gästen dar.

„Em'ne, vielleicht könntest du schnell diesen Kuchen backen? Den nach dem Rezept deiner Mutter, den mögen alle so gerne, weißt du?", wobei das „vielleicht" nicht ernst gemeint war.

Ich rief meinen Mann auf dem Handy an, der sowieso gerade im Mini-Supermarkt des Dorfes war, und gab ihm meine Bestellliste durch.

„Die Nachbarfrauen haben sich angekündigt", sagte ich.

„Aha", sagte er und wusste Bescheid.

„Beeil dich bitte, ich muss den Kuchen und die Blätterteigzigarren rechtzeitig fertig bekommen. Und falls du noch Erdbeeren finden solltest, kann ich noch einen Tortenboden machen."

Wie gut, dass ich aus Deutschland ein paar Päckchen Flüssig-Schlagsahne mitgebracht hatte – war wohl eine göttliche Eingebung. Denn hier bekam man nur Schlagsahne in der Sprühdose oder feste Büffelsahne, die hervorragend mit Honig schmeckte, aber beides war nicht geeignet für einen fantastischen Tortenboden „à la im Handumdrehen".

Das Rezept hatte ich mir irgendwann einmal selbst ausgedacht.

Rezept für Blätterteigzigarren „à la Tante Vim"

- 1 Packung *Yufka*, in Dreiecke vorgeschnitten (in jedem türkischen Laden erhältlich)
- 250 g Schafskäse (z. B. Feta eignet sich sehr gut) oder *Lor Peynir*
- ½ Bund großblättrige Petersilie, kleingehackt
- 1 weichgekochte Pellkartoffel
- Ein wenig Salz (der Käse ist salzig genug), ein wenig schwarzer Pfeffer, Paprikapulver edelsüß

Alles in einer Schüssel mit den Händen gut durchmischen.

Dann etwas von der Masse jeweils auf die breite Dreieckseite legen und einrollen. Das Dreieckende mit etwas Wasser zukleben.

Olivenöl in einer hohen Pfanne (oder in einer Fritteuse) erhitzen und die „Zigarren" goldbraun backen.

Wenn Sie keinen in Dreiecke geschnittenen *Yufka* finden sollten, nehmen Sie normalen *Yufka*-Teig und schneiden ihn erst in Quadrate (etwa 12 x 12 cm) und jedes Quadrat dann wieder in zwei Dreiecke.

Mit ein wenig Übung geht das schnell und ist hervorragend für Partys oder als Vorspeise geeignet.

Rezept für einen Tortenboden „à la im Handumdrehen"

- Gut ½ Becher flüssige Schlagsahne
- Gut ½ Becher Zucker (evtl. brauner Rohrzucker)
- 1 Päckchen Vanillezucker
- 2 Eier
- 1 Becher Mehl
- ½ Päckchen Backpulver
- Abgeriebene Schale einer ½ Bio-Zitrone

Schlagsahne, Zucker, Vanillezucker und Eier mit dem Handmixer schaumig rühren. Dann Mehl, Backpulver und Zitronenschale dazugeben.

Eine Tortenform gut mit Butter einfetten und leicht mit Semmelbröseln bestreuen, besonders an den Rändern. (Das gibt einen exzellenten Geschmack und der Boden lässt sich dann leichter aus der Form lösen.)

Im vorgeheizten Backofen bei 200 Grad ca. 15 Minuten backen.

Den Tortenboden auf die Tortenplatte platzieren und nach Wunsch belegen.

Rezept für einen Sandkuchen „à la Mi"

- 250 g Butter (evtl. 200 g Butter und 50 g Margarine)
- 200 g Zucker
- 1 Päckchen Vanillezucker (sehr gut mit Karamellgeschmack)
- 4 Eier
- 1 Prise Salz
- Saft einer ½ kleinen Bio-Zitrone
- 125 g Mehl
- 125 g Speisestärke (z. B. Mondamin)
- ½ gestrichener Kaffeelöffel Backpulver
- 1 Esslöffel Kakaopulver

Butter, Zucker und Vanillezucker mit dem Handmixer schaumig rühren. Die Eier einzeln nach und nach zugeben, dann Salz und Zitronensaft hinzufügen.

Mehl, Speisestärke und Backpulver mischen und durch ein Sieb ebenfalls nach und nach dazugeben.

Eine Kastenform reichlich mit Butter einfetten und mit Semmelbröseln bestreuen. Den Teig einfüllen, jedoch 2 reichliche Esslöffel Teig zurückbehalten, das Kakaopulver durch ein Sieb dazugeben (evtl. ½ Esslöffel Milch, Sahne oder Wasser dazugeben) und gut verrühren.

Den Kakaoteig dann auf den Kuchenteig geben und mit einer Gabel spiralförmig in den Teig eindrehen.

Im vorgeheizten Backofen bei 175 Grad ca. 1 Stunde backen. (Wenn man mit einer Stricknadel dann in den Kuchen sticht und es klebt kein Teig mehr daran, ist der Kuchen fertig.)

* * *

Bis mein Mann zurückkam, putzte ich die Terrasse und stellte alle verfügbaren Stühle um die zwei Tische. Dann suchte ich Teller und Teegläser heraus und legte diese niedlichen Mini-Bestecke dazu. Das Falten von Servietten liebte ich sehr. Und überhaupt, einen Tisch schön zu decken, bereitete mir immer wieder große Freude.

Tante Vim wuselte nervös in der Gegend herum und stand mir eigentlich nur im Weg. Es war auch nicht gerade der perfekte Zeitpunkt, ihr die Falttechnik für die Servietten zu erklären.

„Ich zeig es dir später, *Abla*", sagte ich, „versprochen!"

Zum Glück war es Sommerzeit, sodass der Teenachmittag auf der Terrasse stattfinden konnte. Sonst hätte ich drinnen noch mal überall staubwischen müssen. Da ja vor kurzem der Großputz stattgefunden hatte, war eigentlich nichts zu befürchten. Den kritischen Blicken türkischer Hausfrauen entgeht allerdings keine Staubfläche – ganz besonders nicht die hinter den vielen aufgestellten Fotos in den Regalen.

Und Fragen wie: „Ach, ist das süß! Ist dies das Enkelkind deines Bruders?", konnten die Hausdame schwer ins Schwitzen bringen, denn meist wurden die Fotos dann heruntergenommen, herumgereicht und bewundert. An solchen Stellen putzte man natürlich zuerst.

Man kann also gut nachvollziehen, welchen Stress der Satz „Seid ihr heute Nachmittag zu Hause?" auslösen konnte, wenn frau nicht gerade Hausputz gemacht hatte. Aber heute würde das Treffen auf der Terrasse stattfinden – und geputzt war sowieso überall.

Mein Mann würde anstandshalber zu Anfang dabei sein, sich dann aber unbemerkt zu Hundchen nach oben verziehen – Hunde waren nicht unbedingt gerne gesehen bei solchen Treffen – und sich glücklich lächelnd auf das Bett fallen lassen mit seiner Zeitung. Und das bedeutete, dass ihn spätestens zehn Minuten später der Schlaf übermannte.

Mein Mann war wirklich sehr schnell vom Einkauf wieder zurück mit all den bestellten Sachen und bekam einen dicken Kuss!

Schon bald durchzog das Haus ein köstlicher Duft. Der Sandkuchen „à la Mi" war inzwischen fertig und war gut gelungen. Ich wusste das Rezept auswendig, so oft hatte ich ihn schon gebacken, auch hier, denn Tante Vim liebte ihn über alles. Meine Mutter ebenfalls, allerdings backte sie in ihrem hohen Alter keine Kuchen mehr, sondern ließ sie backen – von mir. Der absolute Favorit war aber immer noch dieser Sandkuchen. Sie hatte davon auch stets kleinere Portionen im Tiefkühlfach für ihre zahlreichen Freundinnen, die sie auf einen Kaffee besuchen kamen.

Auch der Tortenboden war fertig und Tante Vim, die unbedingt mithelfen wollte, bereitete die Erdbeeren vor, halbierte sie und legte sie im Kreis auf den Kuchen. Meinen Mann hatten wir aus der Küche geschoben und mit Hundchen Gassi geschickt – sonst hätten die Erdbeeren nicht mehr für den Kuchen gereicht …

Die Blätterteigzigarren herzustellen war eine etwas aufwendigere Angelegenheit. Tante Vim kannte zwar das Rezept auswendig, aber bei ihrem Arbeitstempo würde das Tage dauern … So nahm ich denn die Sache in die

Hand – ohne dünne Gummihandschuhe (die für feine Küchenarbeiten … aus der Praxis meines Mannes), die Tante Vim mir wieder aufzwingen wollte. Meine Nägel waren sowieso nicht so perfekt manikürt wie die von Tante Vim, und außerdem konnte ich mit Handschuhen auch nicht gut arbeiten.

Also gab Tante Vim die Anweisungen und passte auf, dass ich sie auch richtig befolgte, und nach kurzer Zeit stapelten sich schon zahlreiche Blätterteigrollen, die ich dann etwas später in Öl ausbacken würde.

Der Tee war aufgesetzt und daneben stand das Tablett mit den zierlichen Teegläsern und den kleinen silbernen Löffelchen. Der Tee wurde natürlich erst eingefüllt und herausgetragen, wenn die Gäste angekommen waren. Die Dose mit dem Würfelzucker durfte auf gar keinen Fall fehlen.

Meine Schwiegermutter, Gott hab sie selig, nahm immer in ihr kleines Teeglas sechs Stück davon. Ich schwöre, das ist die Wahrheit! Sie konnte nie ganz verstehen, dass wir den Tee gänzlich ohne Zucker tranken. Lediglich mein Mann nahm ab und an mal ein Stück braunen Zucker, aber dann gab es keinen Kuchen oder dergleichen dazu.

„Nur so zum Genuss“, meinte er dann.

Damals waren die Teegläser allerdings um zwei Drittel kleiner als heute üblich. Je kleiner, desto vornehmer, und gleichzeitig stieg das Ansehen der fleißigen *Gelin*, die ständig zwischen Wohnzimmer und Küche unterwegs war.

Teller mit reichlich Gebäck, süß und nicht süß, standen bereit und mein Mann hatte auch an *Baklava* gedacht, diese berühmte, sehr süße Zuckerspeise aus Blätterteig mit einer Füllung aus gemahlenen Nüssen und getränkt in Honig-Zucker-Sirup.

Ich war gerade mit dem Ausbacken der Blätterteigzigarren fertig geworden, als die ersten Frauen schon eintrafen. Schnell zog ich mich um, nahm die Flasche *Limon Kolonyasi* (Eau de Cologne mit Zitronenduft) aus dem Kühlschrank und ging auf die Terrasse, wo mein Mann und Tante Vim bereits jede einzelne Dame begrüßten mit der üblichen höflichen Frage: „Wie geht es Ihnen?"

Da ich immer noch die jüngste Frau des Hauses war, fiel es in meinen Aufgabenbereich, mit der „Eau-de-Cologne-Flasche à la Turquie" herumzugehen und jeder Dame etwas auf die Hände zu geben. Dieser Brauch diente in alten Zeiten sicherlich der Händedesinfektion und ist auch heute noch zu empfehlen. Außerdem riecht es angenehm erfrischend. Danach machte ich dann mit einer Bonbonniere die Runde, aus der sich jeder ein Bonbon oder Schokoladenstück herausnahm.

Dann setzte ich mich dazu – Zeit für den Tee war noch nicht – und wartete, bis man mir die Frage stellte: „Und wie geht es Ihnen?"

„Danke, gut, und wie geht es Ihnen?"

„Danke, gut!"

Das wiederholte sich, bis man mit allen anwesenden Damen diese Höflichkeit ausgetauscht hatte.

„Der Tee ist fertig, nicht wahr, Em'ne?" Das war Tante Vims Startwort. Ich ging in die Küche und kam mit dem Tablett gefüllter Teegläser wieder, die ich jeder einzelnen Dame anbot mit der Frage: „Wie viel Zucker nehmen Sie?"

Die Blätterteigzigarren wurden herumgereicht und auch eine Blätterteigpastete mit Gehacktem, die mein Mann mitgebracht hatte. Die Torte und der Kuchen waren großartig geworden (die Backformen hatte ich vor dreißig Jahren mal aus Deutschland mitgebracht) und wir ernteten viel Lob.

Tante Vim strahlte über das ganze Gesicht. Sie war in ihrem Element.

„Ach, Em'ne! Es ist alles wunderbar. Allah segne deine Hände!", sagte sie und wie früher meine Schwiegermutter, Gott hab sie selig, war sie es nun, die stolz die deutsche *Gelin* präsentierte. Mir machte das alles sehr viel Spaß, erinnerte es mich doch an frühere Zeiten, wo ich viele große Feste und Gesellschaften in unserem Haus ausrichtete. Ich hatte da immer noch eine gewisse Routine.

Und ich liebte die Smalltalks mit den türkischen Frauen hier. Früher gab es die sogenannten *Hanim günü*, Frauentage, die unseren Kaffeekränzchen unter Frauen ähnlich sind. Und ich kann mich gut erinnern, dass da auch bei unseren deutschen Damenkränzchen vorher jedes Mal reichlich geputzt und gebacken wurde. Ich glaube, da sind Frauen überall gleich.

Diese Frauentage waren allerdings geplant und jede war mal an der Reihe, Gastgeberin zu sein. Die Treffen, die aus der Frage „Bist du heute Nachmittag zu Hause?" heraus entstanden, hatten dagegen immer irgendeinen Auslöser. Etwas war geschehen, das die Neugierde der Frauen aus dem Dorf zur Unerträglichkeit ansteigen ließ. In diesem Fall waren es nicht nur der Besuch des Bruders mit der deutschen *Gelin*, sondern auch der Wasserschaden und vor allem der Unfall von Hatice, Gesprächsstoff genug für einen ganzen Nachmittag. Die Neuigkeiten und Sensationen wurden genüsslich aufgenommen und kommentiert. Kurz und gut, der Nachmittag war ein voller Erfolg und Tante Vim in einer Art Glücksrausch. Die meisten Damen waren in Tante Vims Alter und fasteten aus gesundheitlichen Gründen nicht. Auch das trug zum Gelingen der Tee-Klatschrunde bei.

Die Bilder in den Regalen im Wohnzimmer blieben natürlich nicht unentdeckt, wenn die Damen an ihnen vorbei ein gewisses Örtchen aufsuchten. Sie wurden herausgebracht, machten die Runde zusammen mit Fotos neueren Datums und wurden gebührend bewundert.

Gegen Abend waren alle sehr zufrieden. In der allgemeinen Aufbruchsstimmung kam dann auch mein Mann herunter, ordentlich gekleidet, versteht sich, und richtete noch ein paar nette Worte an jede Einzelne.

Es ist wirklich unglaublich, wie Frauen – ganz gleich welchen Alters – sich sofort verändern in Haltung, Ausdruck und Sprache, wenn ein gutaussehender Mann dazukommt. Nun, mein Mann sah immer noch ungemein gut aus und war so charmant. Jede wurde von ihm mit einem Handkuss verabschiedet, wie es die alte Sitte vorschrieb, und mit besten Wünschen für die Zukunft bedacht. Dann packte jede Dame ihre eigenen mitgebrachten Latschen wieder ein und schnatternd machte sich die Gruppe auf den Weg nach Hause, ein paar Gassen weiter.

Ich machte mich ans Abwaschen gegen den Protest von Tante Vim, denn ehe sie mit ihren großen rosa Gummihandschuhen bedächtig jedes einzelne Stück eingeseift, hingestellt und später abgespült hätte, wäre es Mitternacht geworden.

„Nö, lass mal, *Abla*, ich mach das schnell alleine. Ihr könnt ja derweil das Geschirr reinbringen“, sagte ich und hatte mit dem Abwasch bereits angefangen – ohne Handschuhe, aber mit Hauspantoffeln an den Füßen.

Es dauerte tatsächlich nicht lange, bis wir fertig waren. Ich stellte die Teller wieder in die oberen Küchenschränke. Tante Vim hätte dazu auf den Schemel steigen müssen und der Gedanke daran alleine reichte schon …

„*Abla*, du kannst ja die Reste in den Kühlschrank räumen, dann gehen wir derweil mit dem Hund eine Runde!“, sagte ich, denn ich wollte mit meinem Mann ein paar Minuten Ruhe genießen.

Mein Mann grinste, hatte Hundchen schon an der Leine und war dabei, die Latschen, die er wegen der Gäste angezogen hatte, mit seinen Sportschuhen zu tauschen.

Es war ein herrlicher Abend, ein kühlender Wind hatte die Hitze abgelöst und Hundchen hob fast an jedem Strauch sein Bein, er hatte ja auch lange Zeit oben im Zimmer verbringen müssen. Er genoss es nun in vollen Zügen, mit beiden von uns die Runde zu machen. Die Katzen starrten uns wieder hinterher und die großen Hunde trotteten vorbei, ohne dass von unserem Hund auch nur ein Mucks kam. An Herrchens Seite war er eben der Musterhund par excellence.

Zurückgekehrt bekam Hundchen seinen Napf mit Trockenfutter. Mein Mann und Tante Vim setzten sich auf die Terrasse. Sie hatte eine große Schale mit Obst hingestellt. Mein Mann liebte Obst.

Ich ging nach oben ins Bad. Es gab kein Licht. Ich ging wieder nach unten.

„Oben im Bad gibt es kein Licht“, sagte ich.

„Das ist *Nazar*!“, sagte Tante Vim.

„Blödsinn!“, sagte ich, „da ist nur die Birne in der Deckenbeleuchtung durchgeknallt.“

„Eben, sag ich ja, *Nazar*!“

Nazar war „der böse Blick“ (Neid) und der Grund, warum alles und jeder einen Stein mit blauem Auge trug. Auch Hundchen trug jetzt einen am Halsband, weil er so niedlich war und alle ihn mit neidvollen Augen anblickten, meinte Tante Vim. Ursprünglich waren diese Steine einmal echte Türkise gewesen, denen man tatsächlich die besondere Kraft zuschrieb, negative Energien, ja sogar schwarzmagische Angriffe abwehren zu können. Ein Türkis konnte sogar zerspringen, um seinen Träger zu schützen. Ich habe das tatsächlich selbst schon zweimal erlebt.

Das „blaue Auge“ entwickelte sich als Symbol zur Zeit der Kreuzfahrer, die aus dem Norden kamen und zumeist blaue Augen hatten. Man war der Überzeugung, sich gegen den „bösen Blick“ dieser Eindringlinge schützen zu können, indem man selbst ein blaues Auge in Form eines blauen Türkises trug, der in gewisser Weise tatsächlich einen gewissen Schutz vor Ungemach verlieh. Eine andere Vermutung geht dahin, dass das Symbol eines blauen Auges vom alten Tibet übernommen wurde. Ein mit blauer Farbe gezeichnetes Auge über dem Eingangstor eines Klosters besagte, dass dieses Kloster eine „weise Frau“ – eine Hohepriesterin – hatte, die mit ihren magischen Fähigkeiten das Kloster beschützte. Und wenn wir an die alte ägyptische Kultur denken, da ist das Auge ein Symbol für den Sonnengott Ra. Und dieses Zeichen verlieh Kraft und Schutz. Vielleicht hat irgendwann im

Laufe der Zeit dann eine Vermischung der Symboliken stattgefunden.

Da Türkise heute sehr wertvoll und teuer geworden sind und wie Gold gewogen werden, hat man zu einem Ersatz gegriffen. Blaue oder weiße Glasperlen mit einem runden Auge darauf, aber auch kunstvolle Glasarbeiten zum Aufhängen über der Tür haben für einen Ersatz gesorgt. Wer einmal in der Türkei in Urlaub war, dem ist sicherlich noch die Vielzahl an Ständen mit solchen Glücksbringern in guter Erinnerung geblieben. Leider erobern in der heutigen Zeit immer mehr kitschige Sachen aus Plastik den Markt.

Heute weiß man allerdings auch, dass negative Energien wie Neid oder Hass tatsächlich einem Menschen schaden können. So sollte man nicht alles gleich als Aberglauben abtun. Vieles hat tatsächlich einen wahren Hintergrund. Ob allerdings die Glühbirne im Bad durch *Nazar* zersprungen war, blieb doch vorerst einmal dahingestellt.

„Außerdem geht auch das Licht am Spiegelschrank nicht. Und das nicht erst seit heute“, fügte ich hinzu.

„Das ist so, seitdem das Bad neu gekachelt wurde“, entgegnete Tante Vim.

„*Abla*, das ist Monate her!“, schaltete sich nun mein Mann ein und fügte hinzu: „Also, gleich morgen lasse ich einen Elektriker kommen.“

Ich holte meine Sachen von oben und duschte am Abend im unteren Bad.

* * *

Gleich nach dem Frühstück fuhr mein Mann los, um den Elektriker zu holen. Dort im Büro anzurufen, nützt da überhaupt nichts. Selbst hinzufahren und ihn mitzubringen, ist die einzige Chance.

Mein Mann kam zwar erst am Nachmittag wieder, aber dafür hatte er den Elektriker im Schlepptau. Sie gingen beide nach oben und das Klopfen und Hämmern deutete darauf hin, dass die Arbeit in vollem Gange war.

Ich setzte mich mit meinem Buch und Hundchen auf die Terrasse. Tante Vim kam nach einer Weile auch dazu. Die Männer hatten sie höflich hinauskomplimentiert, zu Deutsch: rausgeworfen.

Vorbei war es mit meinem Buch, na ja, mit der Ruhe sowieso.

Dann ging der Elektriker wieder, mein Mann fuhr ihn zurück. Ich hüpfte nach oben – die Freude, keine 78 E zu wiegen, hielt immer noch an – in der Annahme, dass es nun Licht im Bad gab. Im Flur stand der Spiegelschrank auf dem Boden neben dem kleinen weißen Schränkchen vom Waschbecken und auch der Wäschebehälter stand dort. Und im Bad sah es aus, als hätte die Mafia etwas gesucht.

Die Drähte der Lichtleitung hingen aus der Wand und dort, wo Steckdose und Lichtschalter vorher gewesen waren, waren die Kacheln aufgestemmt. Auf dem Boden lagen diverse Werkzeuge verstreut herum. Aber das Licht an der Decke, das funktionierte wieder. Hätte ich mal bloß nichts gesagt wegen dem Licht im Spiegelschrank! Ja, bin ich denn von allen guten Geistern verlassen gewesen? Jetzt hatten wir schon wieder die Handwerker im Haus.

Der Elektriker wurde am nächsten Tag aufs Neue von meinem Mann abgeholt. Zum einen, weil der Firmenwagen mit einem Kollegen unterwegs war, und zum anderen, weil mein Mann „auf Nummer sicher" gehen wollte, dass der „Junge" auch tatsächlich erschien und seine Arbeit zu Ende brachte. Im Bad wurde dann laut debattiert über die einzelnen Arbeitsschritte. Mein Mann gab dem Jungen wahrscheinlich gute Ratschläge …

Das erinnerte mich an die Renovierung unseres Badezimmers vor vielen Jahren in unserer damaligen Sommerwohnung am Strand von Didima, einem damals noch winzigen Badeort mit einem fantastischen Sandstrand nahe der beliebten und bekannten Kultstadt Bodrum.

Eine schicke, moderne Dusche mit runden Schiebetüren wurde in eine Ecke unseres Badezimmers eingebaut. Mein Vater stand daneben wie ein Wachhund, denn er hatte die allerschlechteste Meinung über türkische Handwerker. Eigentlich über jeden Handwerker außer über sich selbst.

Er hatte sich im Laufe der Jahre exzellente handwerkliche Fähigkeiten angeeignet, das Tapezieren von Onkel Reinhold, das Kacheln von Max (dem Mann von Muttis Freundin) und die feinfühlige Arbeit eines Installateurs und Klempners von seinem besten Freund Werner. Mein Vater war wirklich gut in all diesen Bereichen, und das wusste er auch.

„Muss aufpassen, was die beiden Grünschnäbel da machen!", flüsterte er hinter vorgehaltener Hand – als ob die beiden Männer verstehen würden, was er sagte. Die verstanden sowieso kein Deutsch. So stand er wie eine Mauer in der Tür und beäugte argwöhnisch jeden Handgriff der beiden. Nicht mal Essen und Trinken konnten ihn von dort wegbewegen.

„Also, ich muss den Jungs jetzt mal helfen. Die haben ja keine Ahnung!“, sagte mein Vater und setzte eine wichtige Miene auf, die keinen Zweifel an seiner Kompetenz aufkommen ließ.

Und dann gab er den Handwerkern genaue Anweisungen, wie sie dies oder jenes machen sollten, und griff auch manchmal tatkräftig zu. Sicherlich hatte mein Vater Recht, aber die Handwerker waren langsam derart genervt, dass ihre Gesichter immer länger und saurer wurden. Und in einem Augenblick, in dem mein Vater tatsächlich nur ganz kurz mal das Bad verlassen hatte, um eines von seinen eigenen Werkzeugen zu holen – „Die Jungs haben ja nur Mist dabei. Damit kann man doch nicht arbeiten!“ –, hatten die beiden Handwerker in aller Eile bereits die Duschwanne eingesetzt, bevor mein Vater wiederkam. Er half ihnen dann noch, die Schiebetüren anzubringen, und war voller Stolz, wie gut die Arbeit gelungen war. Es sah wirklich umwerfend gut aus.

„Ja, aber nur, weil ich wie ein Schießhund aufgepasst habe!“, sagte mein Vater.

„Heute nicht duschen, muss erst hart werden!“, sagten die beiden Handwerker, grinsten breit und gingen.

Als mein Vater – er stand immer als Erster auf – am nächsten Morgen unter die Dusche ging, kam er laut schimpfend wieder heraus. Noch ganz voll Seife und mit einem Handtuch um die Hüften. Das Wasser lief nicht ab, sondern sammelte sich bedrohlich im Duschbecken, sodass er den Wasserhahn schnellstens wieder hatte zudrehen müssen.

„Hab ich's nicht gesagt? Die taugen doch alle nichts, machen nur Pfuscharbeit!", und es folgte eine lange Schimpfkanonade auf die Handwerker. Mein Mann rief den Chef der Firma an. Ich glaube, zwei Tage später kamen dann endlich zwei andere Handwerker, die alles wieder abmontierten.

Das Resultat war, dass eine neue Duschwanne gekauft werden musste, weil man nicht an das Abflussrohr unter der eingebauten Wanne herankam, ohne sie zu zerstören. Die beiden genervten Handwerker hatten sich gerächt, indem sie das Kunststoff-Abflussrohr zusammengeknickt und so in aller Eile einzementiert hatten, als mein Vater für einen kurzen Moment das Badezimmer verlassen hatte.

„Also, das nächste Mal mach *ich* euch das!", sagte mein Vater dann noch. „Das mach ich euch viel besser und billiger!"

Das Hämmern oben hatte aufgehört. Zum Glück hatte Tante Vim sich damals einige von den neuen Kacheln für den „Notfall" geben lassen und sie deponiert. Nun, dies war der Notfall.

„Also, der Junge kann doch mal eben noch nach dem automatischen Türöffner an der Haustür sehen, der funktioniert nicht!", rief Tante Vim nach oben. Dass „der Junge" bereits Ende vierzig war, spielte keine Rolle. Mit achtzig sieht alles scheinbar etwas anders aus.

„Machen wir gleich!", rief mein Mann zurück.

Nach einer Weile machten sie sich dann an der Haustür zu schaffen. Ich nahm Hundchen, der den Handwerker ganz giftig anknurrte, und ging die Treppe hoch.

Na also, es ward Licht – an der Decke und im Spiegelschrank.

Ich beseitigte das Chaos, wischte schnell durch – ohne gelbe oder rosa Haushaltshandschuhe – und stellte Wäschebehälter und Schränkchen wieder an ihren Platz.

Der Handwerker betätigte die Klingel, wahrscheinlich, um zu sehen, ob sie funktionierte. Hundchen bellte, weil er dachte, es kommt jemand. Eigentlich hatte niemand etwas von einer defekten Klingel gesagt. Aber das schien „den Jungen" nicht zu stören. Er klingelte und Hundchen bellte. So ging das etwa zwanzigmal. Hundchen hatte jetzt zum Dauergebell angesetzt – konnte ich ihm nicht mal verübeln. Ich hörte, wie mein Mann auf „den Jungen" einredete. Seine Stimme wurde immer lauter und eindringlicher.

„Der sieht das nicht! Siehst du das denn nicht?!", schimpfte er.

„Das da musst du auswechseln! Ach, gib mal her."

Das kam mir doch alles irgendwie bekannt vor …

Jedenfalls hörte das Klingeln auf, Hundchen beruhigte sich wieder und nach kurzer Zeit war der Mechanismus des Türöffners wieder in Ordnung.

„Weißt du, eigentlich müsstest du jetzt *ihm* eine Rechnung schreiben nach all dem Fachunterricht, den du ihm erteilt hast!", sagte ich später zu meinem Mann und lachte. „Da hast du Recht", sagte er und lachte auch.

* * *

Die folgenden Tage verliefen erstaunlich ruhig. Mit der Waschmaschine stand ich inzwischen in einem „Freundschaftsverhältnis“. Feinfühlig erspürte ich, wann ich welchen Schalter oder den Wasserhahn zu betätigen hatte. Und sie dankte es mir, indem sie keine Mätzchen mehr machte. Beide warteten wir auf das neue Ersatzteil, das immer noch nicht eingetroffen war.

Die Geschirrspülmaschine hatten wir auch gleich testen lassen. Sicher ist sicher. Aber das war eigentlich überflüssig, denn das Gerät hatte Tante Vim nur gekauft, weil alle Nachbarn so was hatten. Sie selbst blieb bei ihren Gummihandschuhen und ekliger, dickwabbeliger „arabischer Seife“, was auch immer das war.

Die Katze war wieder da und saß zusammen mit Hundchen meist neben meinem Stuhl, trank aus seinem Wassernapf, hoffte, dass vom Trockenfutter etwas übrig blieb, und fühlte sich ganz zur Familie gehörig. Die anderen Katzen schlichen neidisch vorbei.

Tante Vim fand das alles überhaupt nicht toll und erst recht nicht, als die Katze sich dann in der Nacht an den Bäumen und Geländern nach oben hangelte und vor ihrem Fenster herzzerreißend miaute. Wahrscheinlich hatte Hundchen ihr erzählt, dass da oben kuschelig weiche Betten standen.

„Das muss aufhören, Em‘ne!“, betonte sie immer wieder.

Sie hatte ja Recht, aber ich wusste auch nicht, was ich da tun sollte.

Und so hörten wir weiterhin das nächtliche „Hau ab! Verschwinde! Sch, sch …!“ zusammen mit wütendem Auf- und Zuschlagen der Fensterläden. Zumindest war anschließend dann für diese Nacht Ruhe.

Tante Vim hatte noch nie Katzen gemocht. Und die Katzen mochten sie nicht. Jedenfalls erinnerte ich mich an einen sehr peinlichen Vorfall vor fünfunddreißig Jahren.

Schwiegermutter, Gott hab sie selig, und Tante Vim waren wie so oft für drei Monate bei uns in Deutschland zu Besuch. So lange hatte nämlich die Aufenthaltserlaubnis für Touristen Gültigkeit.

Wir hatten damals eine schwarze Katze, eine Diva par excellence. Cherry mochte keine Veränderungen und schon gar keinen Besuch. Meine Eltern ließ sie gerade noch gelten, erstens waren sie sehr oft und immer sehr lange bei uns, sodass sie von ihr wahrscheinlich als Familienmitglieder eingestuft wurden, die ab und an mal wegfuhren, und zweitens waren meine Eltern äußerst tierlieb und das spüren Tiere einfach.

Katzen haben zuweilen die Eigenheit, dorthin zu pinkeln, wo derjenige gesessen hat, den sie nicht mögen. In diesem Fall war das der Sessel unserer Ledergarnitur, der zum Stammsessel von Tante Vim geworden war. Regelmäßig hinterließ Cherry dort einen kleinen See. Es war schon zu meiner Routine geworden, mehrmals am Tag dort nachzusehen und den Schaden unbemerkt zu beseitigen.

Nun ergab es sich allerdings, dass der damalige türkische Konsul, ein guter Freund meines Mannes, mit seiner Gattin auf der Durchreise von Berlin in die Niederlande Station bei uns machte. Auch meine Schwiegermutter, Gott hab sie selig, kannten sie und es war ihnen eine Ehre, die alte Dame zu begrüßen.

Ich hatte gekocht und gebacken und es war ein äußerst angenehmer und amüsanter Nachmittag. Anschließend setzte man sich noch gemütlich auf Couch und Sessel.

Mit einem vornehmen „Huch“ stand die Gattin des Konsuls wieder auf. Sie hatte sich ausgerechnet auf den bewussten Sessel gesetzt …

„Oh, meine Liebe, ich glaube, Sie haben beim Blumengießen hier etwas Wasser verschüttet“, meinte sie vornehm lächelnd.

„Ja, unsere *Gelin* hat heute Morgen die Blumen gegossen. Tut uns sehr leid“, beeilte sich meine Schwiegermutter zu sagen.

Ich war bereits aufgesprungen, um Tücher zu holen und ihren Rock zu säubern, soweit es möglich war. Zum Glück hatte sie einen glatten Lederrock an, der sich leicht säubern ließ. Mein Gott, war mir das peinlich. Sie beteuerte jedoch, dass das überhaupt nicht schlimm sei, und setzte sich auf das Sofa neben ihren Gatten. Kurz darauf brachen sie auf, sie hatten ja noch ein gutes Stück Fahrt vor sich. Ich habe nie erfahren, ob sie wusste, was die wahre Ursache für dieses kleine Missgeschick war. Wenn ja, dann war sie jedenfalls über solch eine Situation so erhaben gewesen, dass sie die peinliche Lage, in der wir uns befanden, fabelhaft entschärft hatte. Wenn nicht, dann war es allenfalls nur etwas Blumenwasser, das da verschüttet worden war von einer unachtsamen *Gelin*.

Cherry blieb für den Rest des Tages verschwunden.

* * *

Wir genossen die wenigen Tage, die uns noch blieben, gingen an den Strand, auch mit Hundchen, oder faulenzten auf der Terrasse. Mein Mann fand noch tausend Kleinigkeiten, die repariert werden mussten, das heißt,

Abla fand sie. Trotz allem blieb noch ausreichend Zeit für ein gutes Buch für mich oder ein Kreuzworträtsel für ihn.

Ich jedenfalls streckte mich auf dem Liegestuhl aus, den Tante Vim mir freundlicherweise überlassen hatte, und genoss es zu lesen. Ich las für mein Leben gerne. Bereits mit vier oder fünf Jahren fing ich an, lesen zu lernen, um Märchenbücher lesen zu können. Da ich als Kind nicht viel Schlaf brauchte und morgens um vier bereits hellwach war, zum Leidwesen meiner Eltern, konnte ich auf diese Weise die Zeit bis zum Aufstehen überbrücken.

Meine Mutter unterstützte meinen Leseeifer. Ich glaube, das tat sie aus reinem Eigennutz, denn keiner hat gerne in solch einer Herrgottsfrühe schon vitale Kinder am Bett stehen, und schon gar nicht sonntags.

Das führte dazu, dass ich schon bald so schnell lesen konnte, dass meine Eltern mit dem Kauf von Büchern nicht mehr hinterherkamen. Geburtstage und Weihnachten gab es einfach zu selten im Jahr, an denen ich dann Bücher geschenkt bekam. Leihbüchereien waren etwas Feines, allerdings waren viele Bücher damals noch in der Sütterlinschrift geschrieben, so auch die Bücherreihen *Goldköpfchen* und *Nesthäkchen*, damalige Bestseller, die bei meiner Mutter aus ihrer eigenen Jugendzeit noch im Regal standen und die ich unbedingt lesen wollte. Somit konnte ich bereits auch Bücher in der deutschen Schrift lesen, als ich in die Schule kam. Und bis heute ist es für mich mit das Größte, Zeit zu haben für ein gutes Buch und dieses dann auch ungestört lesen zu können.

Mit dem „ungestört“ war das allerdings so eine Sache.

Tante Vim hatte leider nach dem Tode meiner Schwiegermutter, Gott hab sie selig, die Angewohnheit ihrer Mutter übernommen, ständig etwas zu essen oder zu trinken anbieten zu müssen. Das ist im Grunde genommen ja eine sehr löbliche Höflichkeit, kann aber auch äußerst lästig werden.

Meine Schwiegermutter, Gott hab sie selig, kam damals alle paar Augenblicke mit einem Teller voll geschnittener Obststücke, Kekse, Nüsse oder sonst etwas Essbarem an und man war gezwungen, etwas davon zu nehmen – als junge *Gelin* sowieso. Den Kindern rannte sie den ganzen Tag mit *Köfte* (Fleischbällchen) oder ähnlichen Dingen hinterher, weil sie ihrer Meinung nach viel zu dünn waren. Ich ließ die Kinder einfach gewähren und erntete dafür missbilligende Blicke.

Erst viele Jahre später hörte ich sie einmal sagen: „Unsere *Gelin* hat das damals richtig gemacht, dass sie die Kinder nicht zum Essen gezwungen hat. Schaut euch doch bloß mal diese vielen dickleibigen Kinder an!“ Das hat mich dann doch sehr gefreut, so etwas zu hören.

„Em‘ne, willst du einen Pfirsich?“, war Tante Vims Art zu fragen, wenn sie eigentlich wollte, dass ich aufstehen und aus der Küche eine Schale Pfirsiche und Teller holen sollte.

„Nein, danke, *Abla*, jetzt nicht“, sagte ich freundlich und las weiter.

„Aber dein Mann will vielleicht welche …“

„Willst du jetzt Pfirsiche?“, fragte ich meinen Mann, der zwei Meter entfernt am Tisch saß.

„Also, wenn du mich so fragst …“, gab er zur Antwort und schaute von seinem Kreuzworträtsel hoch.

„Siehst du, Em‘ne, wusste ich doch“, sagte Tante Vim und fügte hinzu: „Die sind im Kühlschrank im untersten Fach, im Obstbehälter.“

Ich legte mein Buch zur Seite und ging, gefolgt von Hundchen, in die Küche. Der war dann allerdings sehr enttäuscht, als ich tatsächlich nur Pfirsiche aus dem Kühlschrank holte. Wenige Minuten später saßen wir alle zusammen am Tisch und aßen saftige Pfirsiche. Mein Mann hatte sie gekauft, und er brachte grundsätzlich immer nur erstklassige Ware mit nach Hause. Wir nahmen sogar, wenn es irgendwie möglich war, meiner Mutter zwei oder drei große Prachtexemplare mit nach Deutschland und machten sie damit überglücklich, genauso wie das mit *Baklava* der Fall war. Das versetzte sie in Ekstase.

„Soll ich Tee machen?“ Ich wusste, dass mein Mann es liebte, am Nachmittag Tee zu trinken.

„Das kann ich ja auch machen, Süße“, sagte mein Mann und war dabei, sich zu erheben.

„Nein, lass mal, ich geh schon“, sagte ich – mit dem Lesen war es eh vorbei. Ein kleiner Latschenwechsel von draußen nach drinnen und bald schon kochte der Tee.

So tranken wir kurz darauf gemütlich unseren Tee – die Kanne stand diesmal allerdings auf dem Beistelltisch neben uns –, aßen ein paar Kekse dazu und unterhielten uns. Eigentlich unterhielten sich die beiden, ich hörte zu – dann hörte ich nicht mehr zu und irgendwann stand ich auf, ging mit Hundchen und Katze zu meinem Liegestuhl und widmete mich wieder genüsslich meinem Buch.

* * *

Der Tag der Abreise rückte immer näher. Meine Mutter freute sich. Bei meinem letzten Telefonat allerdings störte ich sie beim *Querschnitt durch die Welt der Operette*, den sie gerade im Fernsehen sah. Also war das Gespräch diesmal recht kurz. Ich wurde nur knapp über die Anrufe informiert, die sie bekommen hatte, und das waren wie immer etliche. Normalerweise erzählte sie mir alles bis in alle Einzelheiten. Meist noch einmal beim nächsten Mal, weil sie vergessen hatte, dass sie es mir bereits erzählt hatte. Aber das ist ja normal in ihrem Alter. Ich freute mich einfach nur, ihre Stimme zu hören. Und im Urlaub war ich ja auch nicht in Eile, wie das zu Hause oft der Fall war.

„Was macht Moondoggie?", fragte ich.

„Hat heute wieder seinen Diättag!"

Ich fragte nicht weiter nach …

„Aber mein Knie tut weh!", sagte sie, „die Schwester hat mir die neue Stützstrumpfhose nicht gut angezogen. Tut doll weh in der Kniekehle!"

„Mutti, wenn wir zurück sind, gehen wir sofort zum Arzt. Wenn das aber schlimmer werden sollte, dann musst du mit jemandem zum Arzt fahren."

„Ach, das wird schon gehen. Ich kann die sowieso nicht leiden. Und Moondoggie auch nicht."

„Wen, Mutti?"

„Na, diese neue Schwester. Die hat nach Moondoggie getreten, stell dir mal vor."

„Wieso sperrst du den Hund denn nicht ins Bad, wenn die Schwester morgens kommt? Der will dich doch nur bewachen und dann greift er die Leute an."

„Das macht er ja nicht bei jedem. Ich mag die nicht und Moondoggie mag die auch nicht. Und die mag uns nicht."

„Na ja, deine Abneigung überträgt sich auch natürlich auf den Hund. Besprich das doch mal mit der Leiterin des Hauses. Wenn das nicht gut geht mit dieser Schwester, dann müssen sie eben eine andere schicken."

„Ja, hast Recht. Das mach ich. Ich mag die nicht. Die braucht nicht mehr zu kommen."

„Sprich das morgen mal an. Wenn ich wieder da bin, kümmere ich mich darum."

„Ach, ich freue mich, dass ihr bald wieder da seid."

„Ich auch, Mutti. Hab dich lieb."

„Ich dich auch … Oh, hör mal! Kennst du das Lied?", sagte sie lachend, „hast Tante Hilde damals ganz schön genervt damit."

„Ja, Mutti, weiß ich noch", und ich lachte mit.

Im Hintergrund schmetterte ein Tenor gerade „Dein ist mein ganzes Herz" aus der Operette *Das Land des Lächelns* von Lehar. Mit zwölf Jahren war das meine Lieblingsoperette gewesen. Ich war damals gerade bei meiner Tante zu Besuch und war von dieser Musik so begeistert, dass ich die Schallplatte so lange laufen ließ, bis ich alle Liedertexte aufgeschrieben hatte. Meinte Tante ertrug das mit einer Engelsgeduld und schenkte mir schließlich die Schallplatte. Es dauerte nicht lange und ich konnte alle diese Lieder auswendig. Und sang sie natürlich auch. Ich bin zwar vom Himmel mit einer sehr schönen Stimme gesegnet, aber was zu viel war, war zu viel.

Irgendwann meinte meine Tante jedenfalls, dass das jetzt reiche und auch alle Nachbarn inzwischen die Lieder auswendig könnten. Ich glaube, sie war sehr froh, dass meine Ferienzeit zu Ende war, als ich kurz darauf wieder abfuhr. Zu Hause schmetterte ich die Operettenlieder dann weiter, bis meine Eltern ebenfalls genervt waren. Seitdem zeigten sie sich dieser Operette gegenüber sehr reserviert in ihrer Begeisterung. Und soviel ich weiß, hat meine Tante diese Operette nie wieder in ihrem Leben hören wollen. Sie starb mit vierundneunzig Jahren, Gott hab sie selig.

Auf der Terrasse wurden langsam die Mücken wieder lebendig. Als überzeugter Yogi tötete ich, wenn möglich, kein Tier. Fliegen, Wespen, Spinnen und dergleichen wurden mit Glas und Karte darüber wieder in die freie Natur gebracht, wo sie schließlich auch hingehörten.

Aber Mücken … da durfte ich mich noch so intensiv in Gewaltlosigkeit üben. Der Dalai Lama hatte einmal gesagt, dass oft diejenigen, die klein und unscheinbar sind, eine Menge bewegen können. So könne zum Beispiel eine einzige kleine Mücke im Zimmer uns eine schlaflose und recht anstrengende Nacht bereiten. Wie wahr, wie wahr! Der Dalai Lama hatte mit dieser Aussage natürlich etwas ganz anderes ausdrücken wollen …

Bereits eine Woche vor Reiseantritt hatten mein Mann und ich angefangen, täglich eine Vitamin-B12-Komplexkapsel einzunehmen. Außerdem ließen wir die Süßigkeiten weg. Eigentlich nur ich, denn meinen Mann stachen die Viecher sowieso nicht. Und nach der 78-E-Geschichte hatte ich auch keine Lust mehr auf was Süßes.

In Hotels sprühe ich immer auch den Fensterrahmen beispielsweise mit Autan ein. Es gibt ja auch sehr gute Bioprodukte, aber leider haben die einen Geruch, den mein Mann nicht aushält. Ebenso wie er den Geruch meines guten Fußöls der Marke „Wolke 7“ nicht aushält.

Meine Tochter äußerte sich dazu einmal ganz entrüstet: „Oh, mein Gott, das stinkt ja furchtbar! Wie hältst du das nur aus, Papi?"

„Ach, weißt du, bei deiner Mutter muss ich noch ganz andere Sachen aushalten!", war seine Antwort und er rollte mit den Augen.

Als dann auch noch meine beste Freundin mir regelrecht verbot, dieses reine „Naturöl" zu benutzen, wenn wir uns auf einem Seminar das Zimmer teilten, war mir klar, dass ich damit meine Mitmenschen wohl doch etwas überforderte. Aber gegen die Mücken, so meine ich jedenfalls, hat es etwas geholfen, wenn ich den ganzen Körper damit eingerieben hatte.

Ich unterbrach mein Lesevergnügen, legte das Buch zur Seite und ging mit Hundchen nach oben, um mir etwas anderes anzuziehen. Ich hatte vor kurzem gelesen, dass Mücken auf Buntes und Dunkles fliegen. Da musste ich ja mit meinem buntgeblümten Kleid geradezu wie ein Leuchtturm auf das Mückenvölkchen wirken. Helle Kleidung schrecke sie ab, hieß es. Das bezweifelte ich sehr stark, aber ich zog mir dann doch eine weiße Hose und ein weißes T-Shirt an. Und man sollte die Sachen vorher mit Autan einsprühen. Hundchen war längst nach unten gerannt und nieste an die zehn Mal. Als ich mit dem weißen Outfit und der Duftwolke wieder auf die Terrasse kam, meinte mein Mann nur: „Aha, die Zeit der Mücken hat wieder begonnen."

„Jawohl!", sagte ich, „und denk bitte dran, die Fliegengittertür immer sofort zu schließen! Heute Nacht hatten wir Mücken im Zimmer!"

„Was? Hab ich gar nicht bemerkt", sagte er und verkniff sich ein Grinsen.

Auch Tante Vim regte sich jedes Mal auf, wenn mein Mann wieder vergaß, diese wichtige Zwischentür zu schließen. Ihr Blut war wohl bei diesen Bestien genauso beliebt wie meins.

„Dass ihr mir ja nicht die Mücken an der Wand zerklatscht! Das Zimmer habe ich frisch streichen lassen müssen, weil da überall Blutspuren waren. Wer auch immer diese Schweinerei veranstaltet hat", sagte Tante Vim, sichtlich immer noch verärgert. Also, ich war ja ehrlich guten Willens, versprechen konnte ich ihr das aber nicht …

* * *

Den letzten Tag bei Tante Vim, den wollte ich so richtig genießen. Mein Mann wollte schwimmen gehen. Ich eigentlich nicht. Ich wollte mich lieber in den Liegestuhl legen und lesen. Und die Ruhe genießen.

Aber es sollte anders kommen …

Es fing schon morgens an, als die Nachbarn von ihrem dreitägigen Ausflug wieder zurückkehrten – zusammen mit der Familie ihres Sohnes und deren großem Hund. Das brachte unseren Hund völlig aus der Fassung, da die Terrassen nur etwa einen Meter auseinander waren und es weder Zaun noch Gebüsch dazwischen gab.

Zum Glück konnte ich Hundchen gerade noch am Schlafittchen packen, als die Nachbarn mit ihrem Retriever ihr Grundstück betraten. Der Nachbarhund war ein sehr liebes Tier, lammfromm, aber das konnte ich unserem Hund partout nicht klarmachen. Er sah buchstäblich „schwarz" und führte sich auf wie ein Berserker. Er beruhigte sich erst, als der Nachbarhund dort im Haus verschwand. Die Nachbarn waren auch ratlos, was sie tun sollten. So nahmen wir unseren Hund an die Leine und jedes Mal, wenn der Nachbarhund sich zeigte – und er lief eigentlich ständig rein und raus –, vollführte Hundchen einen Veitstanz vom Feinsten und war auch von meinem Mann nicht zu beruhigen. Der „Feind“ war einfach zu bedrohlich nahe.

So mussten wir Hundchen wohl oder übel ins Haus bringen. Dort saß er dann hinter der Fliegengittertür und jaulte erbärmlich, weil ich draußen auf der Liege lag, besser gesagt, die Absicht gehabt hatte, mich auf der Liege auszustrecken.

Meine Überlegungen dahingehend, wie ich Hundchen beruhigen und doch noch zum Lesen meines Buches kommen könnte, wurden jäh unterbrochen. Die Nachbarn hatten begonnen, das Dach der Terrasse zu reparieren, und waren bereits dabei, neue Holzbalken einzusetzen, die sie mitgebracht hatten. Das ging natürlich nur mit entsprechenden Werkzeugen und diese Werkzeuge machten Krach. Ganz gewaltigen Krach sogar. Bohren, Hämmern, Sägen und dazwischen das Gekläffe von Hundchen trieben mich nicht nur vom Liegestuhl ins Haus, sondern fast in den Wahnsinn, denn im Haus war es auch nicht besser.

Mein Mann war schwimmen gegangen. Mit Hundchen auch an den Strand zu gehen, war unmöglich, denn da liefen ein Dutzend großer Hunde frei herum. Ich würde es nicht einmal bis hinunter zum Strand schaffen … Und Hundchen bei Tante Vim zu lassen, daran brauchte ich nicht einmal zu denken. Sie wäre völlig überfordert gewesen. So blieb ich im Haus, saß auf dem Sofa, Hundchen neben mich gekuschelt – er war jetzt wieder der glücklichste Hund der Welt –, und versuchte, mich auf mein Buch zu konzentrieren. Als Tante Vim dann ihr Gebet verrichtete und im Koran las, ging ich nach oben und nutzte die Zeit, um die Koffer zu packen.

Ich hatte sowieso in den letzten Tagen und Nächten immer wieder mal heimlich schon ein paar Sachen zusammengepackt. Aber ich glaube, Tante Vim ahnte langsam, dass wir bald abfahren würden. Sie war nervös und reizbar. Sie schimpfte, dass wir zu selten kämen und immer viel zu kurz blieben, und überhaupt sei Deutschland viel zu weit weg und schuld daran, dass ihr Bruder vor lauter Stress so viele Haare verloren habe und auch schon angegraut sei. Ich verkniff mir die Bemerkung, dass das mit achtundsiebzig Jahren eigentlich völlig normal war und nichts mit Deutschland zu tun hatte. Und dass die graumelierten Schläfen meinen Mann noch viel hübscher machten.

Diese Diskussionen hatte ich in früheren Jahren geführt, und sie hatten rein gar nichts gebracht, außer dass sie hysterische Anfälle bekam. So machte ich einfach meine Zimmertür zu, ließ sie zetern und hoffte, dass mein Mann recht bald wieder zurückkommen würde. In Gegenwart ihres Bruders nahm sie sich nämlich etwas zusammen.

Mein Mann kam wirklich schnell zurück und verkündete, dass es im Restaurant am Strand heute hervorragende Fischgerichte gebe und dass er für uns bereits reserviert habe – und dabei zwinkerte er mir zu. Er war wirklich ein Schatz! Das hatte er von vornherein geplant. Und als er jetzt sah, wie „gemütlich" es hier geworden war, draußen und drinnen, drängte er uns zur Eile. Wir zogen uns um und da ich Tante Vim mehr oder weniger die Sachen schon hingelegt hatte, die sie anziehen sollte – sie konnte sich mal wieder nicht entscheiden –, waren wir fertig, als mein Mann aus der Dusche kam. Latschenwechsel, mein Mann nahm Hundchen und ging zum Auto. Ich half Tante Vim, die Hausschlüssel zu suchen, die sie ganz sicher in die Tasche getan habe, wo sie nun aber nicht waren.

Endlich fand ich sie auf ihrem Terrassenstuhl. Mein Mann hupte, ich schob Tante Vim zum Gartentörchen hinaus …

„Em'ne, ich muss doch noch abschließen!", sagte sie voll Entrüstung.

„Du hast doch die Haustür zweifach verschlossen und die Nachbarn sind da. Und wie es aussieht, haben die noch Stunden zu tun auf der Terrasse. Was soll da passieren?"

„Egal", sagte sie, „ich schließe *immer* ab", und drehte den Schlüssel des Gartentörchens dreimal herum.

„Also, mal ehrlich, *Abla*, dieser Zaun ist einen halben Meter hoch! Der hält vielleicht Hunde ab, aber wer da ernsthaft rein will, der steigt einfach drüber über diesen Mini-Zaun."

„Trotzdem, ich schließe immer ab."

„Kommt ihr denn nun endlich?", rief mein Mann, „sonst fahre ich alleine los und ihr könnt zu Fuß nachkommen!"

Der Abend wurde richtig schön. Abgesehen davon, dass die Musik zu laut war. Das Essen jedenfalls war hervorragend.

Tante Vim war zufrieden und wir waren es auch. Der Jasmin duftete, ein angenehmer Wind wehte und Hundchen lag artig unter dem Tisch.

Als gegen 22 Uhr immer mehr junge Leute kamen und das Restaurant sich langsam in eine Disco verwandelte, standen wir auf, liefen noch gemütlich die neu gemachte Promenade entlang und fuhren dann schließlich nach Hause zurück.

„Em'ne, wir haben noch Melone und Aprikosen im Kühlschrank", sagte Tante Vim.

Sie hatte alle Türen wieder aufgeschlossen, die Schuhe hatten wir mit den Latschen getauscht und die Nachbarn hatten ihre Arbeit auch eingestellt und waren wohl ebenfalls ausgegangen. Jedenfalls gab es im Moment keinen großen Hund auf der Nachbarterrasse. Wie wunderbar!

„Siehst du, Em'ne, die Nachbarn sind gar nicht da. Gut, dass ich überall abgeschlossen habe."

Ich sagte wohl besser nichts dazu, sondern ging, das Obst zu holen und auch die Sitzauflagen. Die Katze wartete bereits auf uns auf der Terrasse und sie bekam auch etwas, nämlich die Fischreste, die ich heimlich eingepackt und mitgenommen hatte – allerdings bekam sie die im Gebüsch des verwilderten Nachbargrundstücks. Hundchen schaute ganz neidisch von der Terrasse her zu.

Der Abend blieb ruhig. Das lag auch daran, dass die Nachbarn wahrscheinlich bei ihrem Sohn in der Stadt übernachteten. Jedenfalls kamen sie an diesem Abend nicht zurück.

Am nächsten Morgen war ich schon früh auf, um meine restlichen Sachen aus dem Badezimmer dann noch in den Koffer zu tun und um ein schönes Frühstück vorzubereiten.

Ein gleichmäßiges Klopfgeräusch von oben zeigte an, dass Tante Vim aufgestanden war und wieder ihre Morgengymnastik machte. Als ich das zum ersten Mal gesehen habe, hätte ich fast einen Lachkrampf bekommen. Sie stand seitlich zum Türrahmen ihres Zimmers und warf schwungvoll fünfzigmal erst die rechte und dann die linke Hüfte gegen das Holz.

„Was machst du da eigentlich?", fragte ich sie und platzte fast vor Lachen.

„Habe ich in einer Illustrierten gelesen. Soll schlanke Hüften machen!", gab sie etwas atemlos zur Antwort, ohne die Übung zu unterbrechen.

„Aha!", sagte ich nur und zog es vor, nach unten zu gehen, sonst hätte ich für nichts mehr garantieren können …

Tante Vim musste wohl einen Blick in unser Zimmer geworfen haben, wo die beiden Koffer bereits gepackt am Fenster standen. Jedenfalls röchelte sie heiser und hustete zum Erbarmen, als sie ganz langsam und elendig die Treppe herunterkam. Sie hielt eine Rolle Klopapier in der Hand, von der sie ständig Blätter abriss, um kraftvoll hineinzuschnäuzen.

„Em'ne, ich glaube, ich bin krank!" Ihre Stimme klang erbärmlich.

„Also, gestern Abend war davon aber noch nichts zu merken!", sagte ich.

„Hat mich ja auch heute Morgen erst plötzlich angeflogen!"

Es war nicht das erste Mal, dass sie diese „Verlasst-mich-nicht"-Masche abzog, und ich hatte volles Verständnis für ihren seelischen Notstand. Allerdings würde es nichts an unserer Abreise ändern. Und eigentlich wusste sie das auch. Ich verarztete sie mit allen möglichen Mittelchen, die ihr nicht schaden konnten, legte ihr einen Halswickel um und deckte sie auf der Couch liebevoll zu.

Mein Mann war schon früh losgefahren, um den traditionellen Großeinkauf des letzten Tages zu tätigen, und kam wie erwartet mit vielen Tüten wieder. Er ignorierte seine Schwester, die wie ein Häufchen Elend auf der Couch lag und laut schniefte und hustete. Wir räumten die Sachen in Kühlschrank und Tiefkühler, mein Mann schnitt das Brot und ich balancierte das Tablett mit den weichen Eiern und der Käseplatte nach draußen.

Die Katze saß schon da und wartete. Hundchen setzte sich dazu, nachdem er sich vergewissert hatte, dass auf der Nachbarterrasse kein großer Hund zu sehen war. Mein Mann setzte sich an den Tisch, sah mich mit hochgezogenen Augenbrauen fragend an – ich zuckte mit den Achseln – und rief dann: „Also los, *Abla*, willst du nicht frühstücken kommen?"

„Ach, ich weiß nicht. Ich bin krank …", kam es kläglich von drinnen.

„Also, dann kommst du nicht. Wir frühstücken jetzt jedenfalls." Mein Mann blieb hart. Und wie erwartet kam sie langsam rausgeschlurft, wechselte die Hauspantoffeln mit den Terrassenlatschen und ließ sich auf ihren Stuhl fallen.

Ich nahm die Klopapierrolle vom Tisch und legte sie auf den Beistelltisch.

„Ist doch für meine Nase!", sagte sie entschuldigend.

„Trotzdem", sagte ich.

„Ach, ich habe gar keinen Appetit, ich glaube, ich esse nichts", sagte sie und sah auf dem Tisch herum. Bei all den leckeren Sachen war es nur eine Frage der Zeit, bis sie dann doch zulangen würde. Mein Mann ignorierte das alles und erzählte, was es so in der Welt Neues gab.

„Also, ihr fahrt heute ab?", warf sie ganz unvermittelt ein.

„Ja, *Abla*. Aber gleich kommt noch der Installateur, um das Ersatzteil in die Waschmaschine einzusetzen. Das ist wohl gestern angekommen. Der wird gleich hier sein." Hoffentlich, dachte ich.

„Ich wollte doch noch zur Bank und Geld abheben für *Bayram*. Wieso bleibt ihr nicht über *Bayram*?"

„Das geht dieses Jahr nicht, *Abla*", sagte mein Mann.

Bayram war das Zuckerfest, das nach der Fastenzeit kam und wo jeder jeden besuchte und *Baklava*, dieses süße leckere Zuckerbackwerk, mitbrachte. Am ersten Feiertag besuchten die Jungen die Alten und machten mit Handkuss ihre Aufwartung. Am zweiten Feiertag ging es dann umgekehrt. Für die Hausfrauen war das immer ein enormer Aufwand an Putzen, Kochen und Backen, ähnlich unseren großen Festen wie Weihnachten und Ostern, wo die Familien zusammenkommen. Immer mehr junge Leute entflohen diesem Trubel inzwischen und fuhren in Urlaub.

„Ja, wie komme ich denn jetzt zur Bank?", hakte sie nach.

„Ich werde mit dir hinfahren, das schaffen wir noch", sagte mein Mann.

Auf diese Weise wollte er positiv auf die Lage einwirken. Ich warf meinem Mann einen Seitenblick zu, aber er ignorierte ihn. Die Bank war nämlich in der nächsten Kleinstadt, fast vierzig Minuten entfernt, und ich fand das überhaupt nicht gut, dass sich die Abreise schon wieder verzögerte.

„Oh, das ist lieb von dir!“, sagte sie und ihr Appetit war plötzlich wieder da.

Der Installateur ließ auf sich warten. Wir waren längst mit dem Frühstück fertig. Und mit dem Abwasch auch. Tante Vim hustete und schniefte nicht mehr, hatte sie wohl einfach vergessen …

Die Klopapierrolle wanderte wieder ins Badezimmer.

Beide lasen sie gemütlich Zeitung und nichts deutete darauf hin, dass heute der Tag der Abreise war. Die Koffer oben im Zimmer waren hier unten ja nicht zu sehen. Gegen 11 Uhr kam dann endlich der gute Mann mit dem Ersatzteil und es sollte durch einen Waschgang geprüft werden.

Die Maschine funktionierte zum Glück wieder einwandfrei. Die Bank allerdings hatte inzwischen Mittagspause und würde erst am frühen Nachmittag wieder öffnen.

Ich bestand darauf, dass mein Mann mit Tante Vim so rechtzeitig losfuhr, dass sie bei der Bank bereits vor der Tür stehen würden, wenn diese wieder öffnete. Und so fuhren sie denn los. Ich brachte das Haus in Ordnung und hängte die Wäschestücke auf, es waren sowieso nur wenige, da ja von uns nichts dabei war. Die Bettwäsche wollte sie später dann Hatice zum Waschen mitgeben …

Die Koffer standen bereits auf der Terrasse und die Taschen auch. Hundchen und ich waren startbereit. Auf jeden Fall würde ich dafür sorgen, dass mein Mann sich hier gar nicht mehr erst häuslich niederließ. Wir würden sofort abfahren, das stand für mich fest. Zum Glück wurde es im Sommer nicht so schnell dunkel.

Gegen 15.30 Uhr kamen sie dann endlich. Auf die Frage: „Wollt ihr denn nicht noch erst Tee trinken?", sagte ich nur: „Nein, *Abla*, wir müssen wirklich los. Das Fahren in der Nacht ist nicht so angenehm bei diesem Verkehr jetzt kurz vor *Bayram*. Das weißt du doch."

Und wir hatten auch bereits die beiden Koffer und die Taschen im Auto verstaut.

Sie bedankte sich, dass wir sie besucht und so viel für sie getan hatten, und wünschte uns alles Gute. Wir verabschiedeten uns mit Handkuss und Umarmung und bedankten uns ebenfalls für alles.

„War eine so schöne Zeit miteinander, nicht wahr, Em'ne?", sagte sie und streichelte Hundchen zum Abschied.

„Ja, *Abla*, eine schöne Zeit. Pass auf dich auf!", sagte ich und fügte hinzu: „Wir haben dich sehr lieb!" Und das meinte ich ehrlich. Ich liebte sie in einer ganz besonderen Weise und diese Liebe war durch keine ihrer Macken zu beeinflussen.

Mit Hupen fuhren wir los, Tante Vim schüttete eine Kanne Wasser hinterher, wie es Brauch war, und aus den Vorgärten winkten uns die Nachbarn hinterher, wünschten eine gute Fahrt. Hundchen schaute aus dem Fenster und verabschiedete sich auf seine Weise, mit Gebell.

* * *

Der Tag der Rückreise war gekommen. Wir hatten das Auto bereits abgegeben und waren trotzdem noch dreieinhalb Stunden vor Abflug in der Abflughalle. Sicher ist sicher. Am Schalter waren wenige Leute, es war ja auch noch sehr früh. Erstaunlich, dass man uns überhaupt schon eincheckte.

„Der Hund ist nicht angemeldet!“, sagte der junge Mann am Schalter.

„Der Hund *ist* angemeldet!“, sagte mein Mann.

„Steht hier aber nicht. Da müssen Sie erst noch zum Schalter dort drüben, um den Hund anzumelden, und dann kommen Sie wieder hierher.“

„Der Hund *ist* aber angemeldet!“, sagte mein Mann, nun doch schon leicht genervt. „Hören Sie, wir waren deswegen extra in der Hauptzentrale dieser Fluggesellschaft am Taksim-Platz. Und der Hund wurde dort vor meinen eigenen Augen eingetragen. Hat uns einen ganzen Urlaubstag gekostet!“

„Steht hier aber nicht …“, erwiderte der junge Mann, während seine Augen suchend über den Bildschirm glitten.

„Das kann doch nicht wahr sein!“, schimpfte mein Mann. „Ich werde mich beschweren, wie ist Ihr Name?“

Ein Herr in der Uniform der Fluglinie kam aus dem Hintergrund, schaute nun dem jungen Mann über die Schulter, tippte mit dem Finger auf die Ecke links oben und sah seinen Kollegen an. „Der Hund ist doch angemeldet, Sie haben Recht“, sagte dieser kleinlaut, „hier oben ist es vermerkt.“

„Sag ich ja die ganze Zeit!“, entgegnete mein Mann noch genervter und zu mir gewandt leise auf Deutsch:

„Jedes Mal das gleiche Spiel. Die wollen nur die Gebühr noch mal kassieren!"

„Den Hund können Sie aber so nicht mitnehmen!", sagte der junge Mann.

„Wieso nicht? Der ist ja auch so hergeflogen!" Mein Mann war kurz vor dem Ausrasten. Und während sich der junge Mann wieder hilfesuchend nach seinem Kollegen umschaute, hoben mein Mann die Hundereisetasche und ich Hundchen gleichzeitig in die Höhe.

„Das geht so in Ordnung." Der Kollege hatte sich jetzt wieder eingeschaltet.

„Das geht so?", fragte der junge Mann ungläubig.

„Das geht so", sagte der Kollege und zu uns gewandt: „Wie viel wiegt denn der Hund?"

„Vier Kilo!"

„Nur vier Kilo?"

„Ja, nur vier Kilo. Sie können ihn ja noch mal wiegen, wenn Sie wollen!"

„Nein, das ist schon in Ordnung."

„Das ist so in Ordnung", wiederholte der junge Mann und schob unsere Pässe und die Bordkarten herüber.

„Welches Gate?"

„Steht noch nicht fest. Müssen Sie nachher auf der Tafel nachlesen."

Mit der Frage, ob wir wohl einen Fensterplatz bekommen könnten, da das wegen der großen Hundereisetasche einfacher sei, war er nun völlig überfordert und sah sich wieder zu seinem Kollegen um. Der war aber längst weitergegangen und inzwischen außer Sichtweite.

„Nein, das geht nicht. Sie haben Platz G und F. Das ist nicht am Fenster. Das Flugzeug ist ausgebucht. Da müssen Sie zum Schalter dort hinten gehen und versuchen …“

„Danke, danke, ist schon gut!“, sagten mein Mann und ich gleichzeitig, nahmen unsere Pässe und die Bordkarten, Hundchen und das Handgepäck und gingen los zur Passkontrolle.

Seit der unglaublichen Geschichte damals, die uns vor fast zehn Jahren hier an dieser Passkontrolle passiert war, habe ich immer ein ganz komisches Gefühl im Bauch, wenn ich mich dem Schalter nähere. Es gibt einfach Geschehnisse, die kann man nicht vorhersehen, die passieren einfach … Leuten wie uns.

Damals hatte ich bereits den Stempel in meinen Pass bekommen und ihn mit der Bordkarte zurückerhalten, als mein Mann seinen Pass hinüberreichte.

„Sie können nicht fliegen!“, sagte der Beamte und stempelte das Wort *iptal* (ungültig) auf Ticket und Bordkarte.

„Wieso? Was ist denn nicht in Ordnung?“, fragte mein Mann, leicht aufgeregt.

„Sie haben vor fünf Jahren ein Auto eingeführt und nicht wieder ausgeführt!“

„Was?“, erwiderte mein Mann, jetzt richtig aufgeregt. „Ich bin mit dem Auto doch wieder nach Deutschland zurückgefahren!“

„Ist aber hier nicht vermerkt!“, sagte der Beamte, „kein Ausfuhrstempel!“

„Ja, ist das denn meine Schuld, wenn der Beamte vergisst, den Stempel in den Pass zu setzen?“, entgegnete mein Mann entrüstet.

„Sie sind verpflichtet, die Stempel zu überprüfen!“, sagte der Beamte ganz trocken. „Und laut diesem Pass ist das Auto mit dem Kennzeichen … eingeführt, aber nicht wieder ausgeführt worden!“

„Das gibt es doch nicht! Ich fahre dieses Auto in Deutschland immer noch!“

Mein Mann hatte zum Glück irgendwelche entsprechenden Unterlagen dabei und holte sie hervor.

„Das mag ja alles sein, aber laut Pass ist das Auto in der Türkei. Ihre Frau kann fliegen, aber Sie kommen jetzt mit!“

Natürlich flog ich auch nicht, sondern ging mit meinem Mann hinter dem Beamten her in eine Dienststube. Dort ging das Ganze dann wieder von vorne los. Er wurde verdächtigt, das Auto in der Türkei verkauft zu haben, und das war ein Strafdelikt, für das man sogar ins Gefängnis kommen konnte. Mein Mann war einem Herzinfarkt nahe. Die Beweise lagen auf dem Tisch, dass genau dieses Auto von uns in Deutschland immer noch gefahren wurde, aber das interessierte hier niemanden.

„Ha!“, sagte einer der Männer im Raum, „haben wir dich erwischt!“

Ich war völlig schockiert und schaltete sämtliche Verbindungen, die ich zum Himmel hatte. Mein Mann beherrschte sich unglaublich und verlangte nun eisern, den Chef zu sprechen. Nach einigem Hin und Her war man endlich bereit, uns zum Chef zu bringen. Mit den Worten „Wieder einen erwischt!“ schob man uns in sein Sprechzimmer.

Mein Mann erklärte ganz ruhig die Sachlage und legte die Unterlagen auf den Tisch, die bewiesen, dass wir dieses Auto in Deutschland tatsächlich immer noch fuhren, es also demnach auch ganz eindeutig ausgeführt worden sein musste.

Der Chef sah sich die Unterlagen in Ruhe an und sagte dann: „Also, Herr Doktor, das ist doch ganz klar, dass hier einer unserer Beamten einen Fehler gemacht und den Stempel nicht in Ihren Pass eingetragen hat. Sie können natürlich ausreisen. Ich mache den Ungültigkeitsstempel wieder ungültig."

Er stempelte und unterzeichnete und reichte meinem Mann den Pass zurück. Dann rief er die besagten Beamten zu sich ins Zimmer und machte „die Idioten", wie er sich ausdrückte, vor unseren Augen ordentlich zur Schnecke.

Einer der Beamten begleitete uns dann hinaus.

„He, wie viele Scheine hast du ihm denn gegeben, dass du so davonkommst?", fragte er grinsend meinen Mann.

„Gar keine. Wieso denn auch, das Auto ist doch ordnungsgemäß ausgeführt worden. Der Beamte damals hat nur vergessen, den Pass richtig zu stempeln", entgegnete mein Mann.

„Ach, komm schon!", grinste er noch breiter, „das kannst du mir doch nicht erzählen."

Darauf antwortete mein Mann gar nichts mehr.

Nach einer Weile neigte der Beamte sich zu meinem Mann und sagte leise: „Sag mal, kannst du nicht das nächste Mal einen Traktor einführen? Ich mach das dann schon. Hälfte für dich und Hälfte für mich."

„Nein", sagte mein Mann ganz entschieden, „ich mache so was nicht. Habe ich nie gemacht und werde ich nie machen!"

Es wurde kein Wort mehr gewechselt, aber inzwischen waren wir auch schon wieder am Flugschalter angelangt. Unser Flieger war mittlerweile abgeflogen und wir mussten schauen, dass wir noch Plätze in einer anderen Maschine nach Düsseldorf bekamen, denn dort stand unser Auto, das ja angeblich in der Türkei war.

Wir hatten Glück und konnten mit der nächsten Maschine fliegen.

Einen Dank an den Himmel und ein Gebet um Hilfe für alle, die gerade in einer ähnlichen Situation waren!

Es gibt halt in jedem Land schwarze Schafe, auch unter den Beamten. Solche Geschichten widerfahren einem ja zum Glück nur ganz selten. Nie wieder erlebten wir Ähnliches beim Abflug. Die Beamten sind höflich und freundlich und machen ihren Dienst, der eine lächelt, der andere nicht. Wie überall. Aber seit diesem Geschehnis kontrolliere ich jedenfalls immer sofort jeden Stempel, der in unsere Pässe gesetzt wird, und das nicht nur in der Türkei.

* * *

Mit Hundchen in der Flughafenhalle herumzulaufen, war gar nicht so einfach. Da er ein außergewöhnlich niedliches Exemplar der Chihuahua-Hunderasse ist, dazu noch schneeweiß, zieht er magisch alle Kinder an. Das Problem dabei ist nur, dass Hundchen Angst vor Kindern hat, besonders vor kleinen Jungs, weil die meist zu schnell auf ihn zustürzen.

Das war schon so, als wir ihn damals als Welpen bekamen. Wir konnten uns das nicht erklären, weil es zu der Zeit in unserer Familie keine kleinen Kinder gegeben hatte. Mit dem Baby unserer Tochter hatte er allerdings überhaupt keine Probleme. Im Gegenteil, da benahm er sich äußerst lieb und fürsorglich, auch als der Kleine bereits ein Jahr alt war. Wenn es ihm zu viel wurde, verzog er sich unter meinen Schreibtisch. Aber draußen, mit den fremden Kindern, da mussten wir wirklich aufpassen.

Und ganz besonders hier auf dem Flughafen. Hier mussten wir wirklich den Hund vor den Kindern und die Kinder vor dem Hund schützen, der sowieso schon überaus gestresst war und vor Angst wirklich hätte zubeißen können, wenn sie so unvermittelt und vor Freude schreiend auf ihn zugestürzt kamen. Die meiste Zeit nahmen wir ihn auf den Arm, da war er diesen Attacken und auch den vielen Menschenbeinen nicht so ausgeliefert.

Wir retteten uns in ein gutes Café, von dem wir aus den USA wussten, dass sie dort einen exzellenten Kaffee machten. Wir hatten einen schönen kleinen Tisch bekommen. Und ein Blick auf die Uhr zeigte uns, dass wir wirklich noch genug Zeit hatten, diesen Kaffee in Ruhe zu genießen.

Plötzlich tauchte aus dem Nichts ein anderer kleiner Chihuahua-Rüde auf, ein schwarzer, mit seinem Frauchen. Wer von den beiden Hunden mit dem wütenden Gebell anfing, weiß ich nicht. Warum allerdings diese Frau mit ihrem Hund nicht einfach schnell weiterging, sondern auch noch wie angewurzelt stehen blieb, das war mir unverständlich.

„Würden Sie bitte einfach nur weitergehen? Sie sehen doch, dass unsere beiden Hunde sich nicht besonders mögen. Bitte!", sagte ich.

Sie lachte und meinte: „Ist wohl auch ein Rüde?"

„Ja!", sagte ich und versuchte, Hundchen zur Ruhe zu bringen.

Mein Mann war leider gerade weg, um uns den Kaffee zu holen. Daher musste Hundchen mich ja vor dem kleinen schwarzen Ungeheuer beschützen, das nun auch noch bedrohlich vor uns stehen geblieben war und bellte.

Ich beachtete die Frau einfach nicht mehr und sie ging zum Glück weiter.

Alle Blicke waren auf uns gerichtet, nicht gerade freundlich.

Damals in Rothenburg ob der Tauber, auf einem Ausflug dorthin mit meinen Eltern und den beiden Hunden, kam ein älterer Mann daher, ebenfalls mit zwei Chihuahua-Hunden. Als sie unsere beiden Hunde sahen, begannen sie wie wild zu kläffen und unsere kläfften kräftig mit. Der Mann lief seelenruhig weiter, lachte zu uns herüber und sagte: „Jaja, diese Chihuahuas, die haben große Freude am Kläffen." Er hatte überhaupt kein Problem damit. Ich werde das nie vergessen.

Allerdings war das aber auch nicht in einem türkischen Flughafen. Hier war die Lage doch ein wenig anders.

Diesmal schauten wir immer wieder auf die Uhr und auch auf die Anzeigetafel, um das Gate unseres Fluges zu erfahren. Somit waren wir dann auch rechtzeitig in der Abflughalle am richtigen Gate.

Hundchen hatte ich auf dem Arm und ich glaube, er war sogar froh, als er in seine Reisetasche durfte, denn so schnell und freiwillig war er da noch nie hineingeschlüpft.

Unser Flieger war ein Großraumflugzeug. Wir saßen im mittleren Sitzbereich. Neben mir eine sehr korpulente Frau mit Kopftuch.

Oje, dachte ich … das kann ja was werden.

Wie schnell man doch immer wieder in Vorurteile rutscht – denn diese Frau war äußerst nett und freundlich und hatte überhaupt nichts gegen den „Hund in der Tasche“ neben sich.

Zum Glück hatten wir auch keine kleinen Kinder um uns herum. Und die Sitzreihen in dieser Maschine waren nicht so eng wie auf dem Hinflug, sodass wir mehr Beinfreiheit hatten und mir die Hundetasche nicht wieder bis zum Hals ging.

Hundchen war artig und schlief fast die ganze Zeit auf dem Rücken mit meiner Hand auf seinem Bauch. Mein Mann schlief auch, und ich hing meinen Gedanken darüber nach, was für ein kurioser Urlaub das doch mal wieder gewesen war.

Jetzt würden wir bald wieder in Deutschland sein. Aus den Nachrichten wussten wir: Das Wetter war wie gehabt – Regen.

Der Flieger landete verspätet. Die Koffer kamen ebenfalls mit Verspätung und unsere beiden waren auch nicht bei den ersten.

Noch drei Minuten bis zur Abfahrt unseres Zuges.

„Jetzt aber schnell!“, sagte mein Mann, schnappte sich seinen Koffer und sauste los. Ich schnappte mir auch meinen Koffer, hatte die Hundetasche, meine Handtasche und Hundchen an der Leine an der anderen Hand und rannte meinem Mann hinterher. Rolltreppe hoch, Rolltreppe runter, Rolltreppe wieder hoch, durch viele lange Gänge. Irgendwann nahmen wir auch einen Aufzug zum Zubringerzug. Drei Stationen bis zum eigentlichen Bahnhof. Die drei Minuten bis zur regulären Abfahrt unseres

Zuges waren längst um. Aber es konnte ja sein, dass unser Zug auch Verspätung hatte …

Mein Mann hechtete wieder um einige Kurven.

„Zu den Gleisen“, stand da.

Ich hechtete hinterher. Hundchen fand das klasse. Endlich Bewegung nach der langen Zeit des Stillliegens in der engen Tasche.

„Welches Gleis?“, schrie mein Mann von vorne.

„Gleis 18!“, schrie ich zurück, von hinten.

Gleis 18 gab es aber nicht. Es gab nur sechs Gleise und es war auch nirgends eine Gleisnummer angeschrieben und erst recht nicht, auf welchem Gleis welcher Zug fuhr. Das sah man erst, wenn man die Rolltreppe hinuntergefahren – beziehungsweise hinuntergelaufen war, denn sie war defekt und bewegte sich nicht.

Auf Gleis 4 angekommen, sahen wir, dass der Zug – trotz Verspätung – bereits vor fünf Minuten abgefahren war. Ein Zug nach Dortmund fuhr in einer Stunde. Und dann?

„Wieso eigentlich Gleis 18?“, fragte mein Mann ganz außer Atem.

„Keine Ahnung, steht hier auf dem Zettel!“

Den Zettel hatte ein Bekannter für uns ausgedruckt, wahrscheinlich hatte er den Düsseldorfer Hauptbahnhof gemeint, wir waren aber auf dem Düsseldorfer Flughafenbahnhof.

„Weißt du was, ich gehe eben noch mal hoch ins Informationsbüro und erkundige mich dort. Auch wegen der Fahrkarten. Bin mir nicht sicher, ob man die im Zug lösen kann“, sagte ich.

„Klar kann man die im Zug lösen!“, meinte mein Mann.

Ich drückte meinem Mann die Hundeleine in die Hand, stellte die Hundetasche zu den beiden Koffern und lief die Rolltreppe nach oben, die auch nicht in Betrieb war. Ein paar Meter weiter hatte ich ein Informationsbüro gesehen und dorthin lenkte ich jetzt meine schnellen Schritte.

Die zwei jungen Mädchen vor mir waren zu früh ausgestiegen und der Beamte bemühte sich, ihnen klarzumachen, dass sie noch drei Stationen weiterfahren müssten. Endlich hatten sie es begriffen und ich durfte mein Anliegen vortragen: Wann gab es auf welchem Gleis einen Zug nach Hause?

„In vier Minuten auf Gleis 6! Wenn Sie sich beeilen, schaffen Sie das noch. Und ja, die Tickets müssen Sie hier bei mir lösen. Das geht nicht im Zug“, sagte der gute Mann und hatte die Ruhe weg.

Mit den Tickets in der Hand sauste ich los zu Gleis 4. Die Rolltreppe hinunterhüpfend gab ich meinem Mann bereits armfuchtelnd zu verstehen, dass er sich sofort zum anderen Bahnsteig in Bewegung zu setzen habe. Mein Mann verstand, griff zu Koffer und Hundetasche und stolperte mit Hundchen im Arm die Rolltreppe nach oben. Ich ergriff, unten angekommen, meinen Koffer und hechtete hinterher. Mitten in der Hauptreisezeit funktionierten die Rolltreppen auf solch einem wichtigen Bahnhof nicht! Das war ja wohl das Letzte!

Ich wollte tief durchatmen, aber dazu reichte meine Puste nicht mehr. Dann die Rolltreppe zu Gleis 6 wieder hinunter. Die funktionierte zum Glück. Der Bahnsteig war voller Menschen. Beide sahen wir schon von weitem den mittelgroßen schwarzen Hund …

„Lauf gleich weiter nach hinten!“, rief ich meinem Mann zu, der nickte, er hatte verstanden.

Da fuhr der Zug auch schon ein. Die Türen öffneten sich und wir sahen uns einer Menschenmauer gegenüber. Zum Glück stiegen einige Fahrgäste aus. Mit Hundchen auf dem Arm warf ich meinen Koffer hinein und hüpfte hinterher. Als ich mich nach meinem Mann umdrehte, sah ich, wie er zur Seite gedrängt wurde.

„Ich habe die Tickets!“, schrie ich, „du musst unbedingt mit in den Zug!“

Das setzte bei ihm übernatürliche Kräfte frei und weiß der Himmel, wie er es gemacht hat, aber er war drin, mit Koffer und Hundetasche.

Und da schloss sich auch schon die Tür und der Zug hatte sich in Bewegung gesetzt. Mein Herz klopfte bis in den Hals, wo Hundchen sich an mich schmiegte. Mein Mann sah völlig erledigt aus. Aber wir hatten es geschafft.

Obwohl mir zum Umfallen zumute war, wäre das rein theoretisch gar nicht möglich gewesen, so eng standen wir alle beieinander und schaukelten synchron mit den Bewegungen des Zuges. Es wurde immer heißer und heißer, mir lief der Schweiß in die Augen. Zusammen mit der sich langsam auflösenden Schminke war das äußerst unangenehm.

Meine Handtasche hielt ich an meinen Bauch gepresst, sicher war sicher. Mein Mann sah völlig mitgenommen aus, Kragen verrutscht, Jacke halb ausgezogen, Haare wirr im Gesicht, aber er schaffte es, für mich ein Taschentuch hervorzuzaubern und es mir auf das Gesicht zu pressen. Ich hatte die Augen geschlossen und sah absolut nichts mehr. Schließlich erreichte uns die Nachricht, dass seit einer Stunde die Klimaanlage in diesem Wagon defekt sei. Der Geräuschpegel war ebenfalls unerträglich, ebenso wie der Biergeruch, der in der Luft hing. Viele Jugendliche kamen wohl von einem Fußballspiel.

Neben meinem Mann stand ein merkwürdiger Herr, der immer wieder auf den Koffer meines Mannes tippte und im Zeitlupentempo sagte: „Schöner Koffer. Aber schwer, was? Soll ich Ihnen tragen helfen?"

„Danke", sagte mein Mann, „das schaffe ich schon noch."

Nach ein paar Minuten die gleiche Frage und die gleiche Antwort.

Das wiederholte sich etwa alle zehn Minuten. Mein Mann schaute zu mir und rollte mit den Augen. Das Taschentuch war von allein von meinem Gesicht abgefallen.

Leider stiegen nur wenige Leute aus, aber immer mehr ein, soweit das überhaupt noch möglich war.

Dann aber, nach gefühlten fünf Stunden und in Wirklichkeit einer Stunde, stieg der Großteil der Jugendlichen aus. Und endlich kam auch mal ein Luftzug von draußen bei uns an. Auch der Monteur war endlich angekommen und machte sich nun am Schaltkasten an die Arbeit, die defekte Klimaanlage wieder in Gang zu bringen.

Für die letzten zwanzig Minuten hatte ich einen Sitzplatz mit Hundchen. Mein Mann blieb bei den Koffern. Sicher war sicher.

Ich kramte in meiner Tasche nach einem Taschentuch – und hielt meine Uhr in der Hand. Die war immer noch kaputt. Wir hatten einfach nicht mehr daran gedacht, sie "im Handumdrehen mit links" reparieren zu lassen. Na ja, das lassen wir dann im nächsten Jahr machen.

Mir schräg gegenüber saßen drei junge Mädchen, die englisch sprachen. Zwei junge Männer standen im Gang, hatten in jeder Hand eine Bierdose und der eine erzählte dem anderen von einer Geschäftsidee, die umzusetzen er zurzeit dabei war. Hatte mit Touristik und New York zu tun. Er berichtete von Gesprächen mit Amerikanern. Der andere Mann hörte ihm zu und stieg dann aus.

Nun begann besagter „Geschäftsmann" ein Gespräch mit den drei Mädels in Englisch. Es dauerte eine Weile, bis ich begriff, dass das Englisch war. Ich habe noch nie eine solch katastrophale Unkenntnis der englischen Sprache erlebt. Ich bezweifle, dass die Mädchen überhaupt etwas von seinem Bericht über sein neu gegründetes Unternehmen verstanden haben. Ich hatte das ja gerade eben schon in Deutsch gehört, daher konnte ich mir einen Reim darauf machen, was er da versuchte, den Mädels zu erklären. Ich fragte mich, wie man mit dieser Unkenntnis der Sprache ein Touristikunternehmen in New York leiten konnte? Ich denke, die Mädels fragten sich das auch, denn als der junge Mann mit seinen zwei Bierdosen ausstieg, bogen sie sich vor Lachen.

Eigentlich wollte ich ja nicht mehr urteilen, beurteilen, verurteilen, das hatte ich mir wirklich ernsthaft als spirituelle Übung vorgenommen. Aber in Situationen wie dieser rutschte ich doch immer wieder in die alte Schiene. Ich entschuldigte mich im Geiste und wünschte dem jungen Mann nachträglich viel Erfolg für sein Unternehmen und einen Engel, der mit ihm Englisch üben würde.

Einen Schaffner hatten wir bis zu unserem Ausstieg nicht gesehen. Er hätte sich durch die Menschenmassen auch gar nicht durchkämpfen können. Sogar in der Toilette standen mindestens zehn junge Burschen. Ich war ihnen sehr dankbar, denn sonst hätten wir sicherlich nicht einsteigen können.

Der nächste Halt war dann unser Bahnhof.

„Ihr Koffer ist sicher schwer, soll ich Ihnen tragen helfen?" Es war nicht der gleiche Mann wie vorhin, der uns das fragte. Der war irgendwann ausgestiegen.

„Nett von Ihnen, aber nein, danke! Unser Sohn holt uns ab", sagte mein Mann, „das schaffen wir schon noch", und lachte.

Es war nicht mehr ganz so voll im Zug und daher der Ausstieg leichter. Der Mann stieg mit uns aus und blieb dann neben uns stehen.

„Unser Sohn ist jeden Moment da und der ist groß und kräftig. Sie müssen also nicht warten", sagte mein Mann höflich. Der andere Mann blieb einfach stehen. Auch als unser Sohn wenige Augenblicke später da war, blieb er neben uns stehen. Wir setzten uns in Bewegung. Er blieb an unserer Seite.

„Kennt ihr den?", flüsterte unser Sohn.

„Nö", flüsterte ich.

„Also dann, tschüss, ich bin ja jetzt da!", sagte unser Sohn daraufhin zu ihm, „und danke auch, dass Sie meinen Eltern helfen wollten!"

Keine Reaktion, er lief weiter mit uns mit. Was war heute eigentlich los mit dieser Welt? War es unser Koffer, der die Leute magisch anzog? Oder waren es unsere hilflosen und erschöpften Gesichter?

Obwohl, hilflos waren wir eigentlich nicht. Waren wir nie.

Er ging bis kurz vor den Parkplatz unseres Autos mit,

als mein Mann dann freundlich zu ihm sagte: „Also, wir sind jetzt angekommen. Sie haben sicherlich einen anderen Weg.“ Daraufhin drehte er sich wortlos um und ging den gleichen Weg wieder zum Bahnhof zurück.

Wir schauten uns sprachlos an, bis unser Sohn sagte: „Also dann, ab nach Hause“, und die Koffer ins Auto verfrachtete.

Hundchen hatte den ersten Baum angesteuert und gut gewässert.

Der Ärmste …

Es roch nach Heimatstadt, jede Stadt hat einen spezifischen Geruch.

Kurz darauf waren wir zu Hause. Hundchen war außer sich vor Freude, seine Bäume, seine Büsche, der Rasen … alles roch vertraut.

Unser Sohn brachte die Koffer ins Haus.

„Nun erzählt doch mal! Wie war‘s?“, fragte er neugierig und sah zuerst mich und dann meinen Mann an.

„Ach, weißt du, das alles zu erzählen, könnte sehr lange dauern. Heute nicht. Am besten, du nimmst dir dafür zwei Tage Urlaub. Aber ein Glas Wasser, das könntest du uns jetzt holen. Bitte.“

Mein Mann, ich und Hundchen ließen uns geschafft auf unser gemütliches, breites Sofa fallen mit dem festen Vorsatz, in den nächsten Stunden oder Tagen uns von dort nicht mehr wegzubewegen.

Schließlich mussten wir uns von unserem ereignisreichen Urlaub erholen und wieder Kräfte sammeln. Bis zum nächsten Sommer war zum Glück ja noch viel Zeit. Aber eigentlich freuen wir uns jetzt schon auf unseren Urlaub im nächsten Jahr.

Wohin es geht?

Natürlich in die Türkei.

Und eines wissen wir schon heute – es wird bestimmt nicht langweilig.

Was, Sie glauben uns das nicht? Dann fahren Sie einfach mal mit uns in Urlaub. Garantiert wird es nicht langweilig – versprochen!

Gesunde Hüften für die LEICHTIGKEIT im Leben ...

Die Hüften stehen für Leichtigkeit im Leben und für das Vertrauen in den Fluss des Lebens und in unsere eigene innere göttliche Führung. Wenn wir in manchen Lebenssituationen die Leichtigkeit verloren haben, dann werden uns unsere Hüften darauf aufmerksam machen. Erst ganz sanft und dann immer heftiger. Warten Sie nicht, bis sich der Gelenkspalt so verengt hat und der Knorpel so abgenutzt ist, dass der Schmerz unerträglich wird.

Ich habe für mich ein kleines Übungsprogramm zusammengestellt, das mir persönlich und meinen Yogaschülern sehr hilft und das ich gerne an Sie weitergeben möchte. Diese Übungen kommen aus dem Yoga, werden von der Krankengymnastik empfohlen und machen Spaß.

Wenn Sie Spaß und Freude an den Übungen haben, dann wirken sie viel besser und regen gleichzeitig die Bildung des *Glückshormons Serotonin* an. Dies wiederum ist beteiligt an der Bildung des *Schlafhormons Melatonin*. Das eine bedingt das andere.

Ich selbst mache diese Übungen am liebsten am späten Abend. Sie werden staunen, mit welcher Leichtigkeit Sie dann morgens aufstehen.

Leichtigkeit und innere Sicherheit, die ja auf Vertrauen basiert, sind das große Thema der jetzigen Zeit, einer Zeit der Herausforderungen und der Reinigung (individuell, kollektiv und global). Da ist es kein Wunder, dass so viele Menschen Probleme mit den Hüftgelenken und mit dem

Kreuzbereich haben, denn finanzielle Zukunftsängste beispielsweise verursachen Kreuzschmerzen. Und das hindert uns, große Schritte zu tun, die aber nötig sind, damit wir uns im Leben weiterentwickeln können.

Die *neue Leichtigkeit des Seins,* die bedeutet, dass wir trotz aller Herausforderungen im alltäglichen Leben eine gewisse Leichtigkeit bewahren, ist somit ein grundlegend wichtiges Thema. Diese Übungen können viel dazu beitragen, und Sie können sie auch im Urlaub in jedem Hotelzimmer praktizieren.

Warum also nicht gleich mit ein paar Übungen beginnen, die auch noch Spaß machen.

1) Beinschwung

Wo Sie auch sind, schwingen Sie tagsüber immer wieder einmal die Beine nach vorne und zurück. Erst das eine, dann das andere Bein. Am besten geht das, wenn Sie mit dem Standbein auf einem Treppenabsatz oder auf einer kleinen Erhöhung stehen. Halten Sie sich z. B. mit der rechten Hand irgendwo leicht fest und legen Sie die andere Hand in die linke Hüfte. Dann schwingen Sie das linke Bein vor und zurück, ruhig auch leicht bis über die Schmerzgrenze. Danach ist das rechte Bein dran.

2) Die schwingende Acht

Sie stehen mit beiden Füßen auf dem Boden, halten sich mit der rechten Hand fest und legen die linke Hand in die linke Hüfte. Drehen Sie den linken Fuß nach außen (wie eine Ballerina) und zeichnen mit dem Fuß einen großen Kreis erst nach **links außen-vorne-zurück**, dann mit der Fußspitze nach **links außen-hinten-zurück**. Wiederholen Sie dies einige Male. Führen Sie die Übung anschließend mit dem rechten Fuß durch.

3) Beweglicher Rücken

Sie stehen im Vierfüßlerstand. Lassen Sie nun den Rücken einfach durchhängen, heben den Kopf und atmen tief ein. Stellen Sie sich vor, wie die „Schale" im Hohlkreuz sich nun mit Licht füllt. In diesem Bereich, bei den Nieren rechts und links, befindet sich ein wichtiges Energiezentrum mit zwei Energiepunkten für Kraft. Dann drücken Sie das Kreuz nach oben, drücken die Schultern nach oben, ziehen das Becken heran, senken den Kopf und atmen aus. Dabei stellen Sie sich vor, wie diese **Lichtkraft** in den ganzen Körper strömt. Wenn Sie dabei auch noch **„Lichtkraft"** denken, potenziert sich diese Energie. Das wiederholen Sie einige Male.

4) Beinhebung nach hinten

Stehen Sie wiederum im Vierfüßlerstand. Bringen Sie Ihren Rücken in eine gerade Linie, setzen die Zehen des linken Fußes auf und schieben das Bein nach hinten, dehnen die Ferse. Die Handballen geben dabei Widerstand, sodass die Wade sehr stark gedehnt wird. Lockern Sie nun die Spannung, heben den Kopf und heben das Bein mit gestreckten Zehen, so hoch es Ihnen möglich ist. Danach senken Sie den Kopf und ziehen das Knie heran in Richtung Stirn. Die gleiche Übung führen Sie jetzt mit dem anderen Bein durch. Wiederholen Sie die Übung zwei- bis dreimal nach beiden Seiten.

5) Krokodilübung 1

Kommen Sie in die Rückenlage. Die Arme liegen neben dem Köper, Handflächen nach unten. Stellen Sie nun die Beine so an, dass Füße und Knie weit auseinander stehen. Ihr Nacken ist lang. Lassen Sie Ihr Bewusstsein vom vorderen Brustbereich hinunter in den **Herzensraum** (in Richtung der Wirbelsäule) sinken, das Hohlkreuz sinkt ebenfalls sanft zum Boden. Beide Knie gleiten nach links, wobei der Kopf sich nach rechts dreht. Dann richten Sie die Knie wieder auf, sie bleiben weit geöffnet, und lassen sie auf der rechten Seite hinuntergleiten, der Kopf dreht nach links. Das wiederholen Sie siebenmal zu jeder Seite. Sie können die Übung noch effektiver mit der Atmung verbinden: tiefe Einatmung – zur linken Seite, tiefe Ausatmung – zur rechten Seite. Danach stellen Sie die Beine wieder an und lassen sie am Boden ausgleiten.

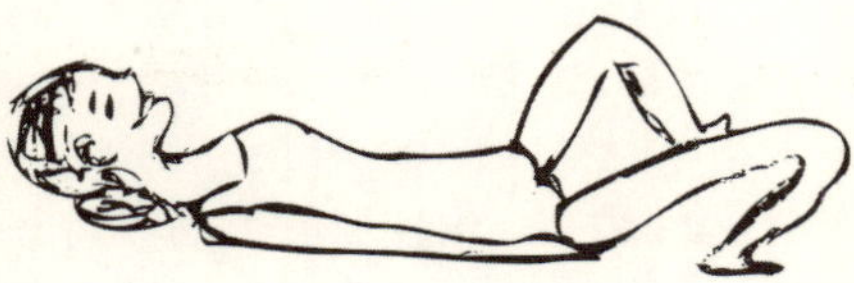

6) Krokodilübung 2

Die gleiche Übung wiederholen Sie nun mit geschlossenen Knien und Füßen. Danach stellen Sie die Beine wieder an und lassen sie ausgleiten.

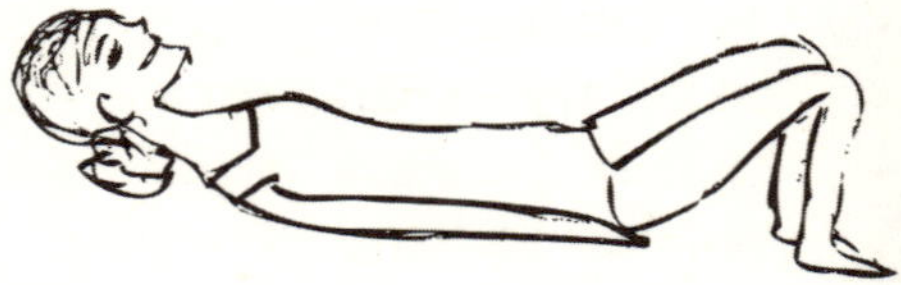

7) Fahrradfahren

Kommen Sie in die Rückenlage. Ziehen Sie die Knie an den Bauch heran, umfassen sie mit den Händen. Der Nacken ist lang. Lassen Sie Ihr Bewusstsein vom vorderen Brustbereich hinunter in den **Herzensraum** sinken, das Hohlkreuz sinkt ebenfalls sanft zum Boden. Nun atmen Sie tief in den Kreuzbereich hinein, indem Sie dort Licht visualisieren und **„Lichtkraft"** denken. Dann legen Sie die Arme wieder neben den Körper, Handflächen auf den Boden, und beginnen, Fahrrad zu fahren. Beginnen Sie mit zehn Runden und steigern im Laufe der Zeit auf hundertacht Runden. Stellen Sie sich dabei vor, Sie fahren durch eine wunderschöne Landschaft. Danach die Beine anstellen und ausgleiten lassen.

8) Krokodilübung 3

Stellen Sie die Beine an. Legen Sie die Hände auf den Unterbauch. Fühlen Sie im Atem die enorme Kraft, die dort gespeichert ist. Jetzt verbinden Sie dieses Kraftzentrum mit dem Herzzentrum, indem Sie die Hände über den Bauch zum Brustbereich ziehen und die Fingerspitzen auf das Brustbein legen. Sinken Sie tief in den **Herzensraum** hinunter und öffnen Sie nun Herzenstore, indem Sie die Arme erst hochheben und dann seitlich ausbreiten, die Handflächen zeigen diesmal nach oben. Falls Sie nicht genügend Platz haben sollten, können Sie die Arme auch neben dem Körper liegen lassen wie bei den anderen Übungen. Nun ziehen Sie das linke Knie heran und legen den Außenknöchel des Fußes auf das rechte Knie, sinken in den **Herzensraum**, das Hohlkreuz sinkt zum Boden und die Knie gleiten nach links. Der Kopf dreht nach rechts und die Schultern bleiben am Boden.

Fügen Sie sich sanft in diese Stellung ein und atmen Sie bewusst. Dann lenken Sie die Kraft aus dem Bauch in die linke Hüfte, richten die Knie auf und lassen sie zur rechten Seite gleiten. Der Kopf dreht nach links und die Schultern bleiben wiederum am Boden. Nun führen Sie die Bewegungen nach links und rechts schneller durch, den Kopf dabei immer in die entgegengesetzte Richtung drehen und die Schultern am Boden lassen. Wiederholen Sie die Übung insgesamt siebenmal. Danach Beine und Ellenbogen wieder anstellen und ausgleiten lassen und die Übung mit dem anderen Bein durchführen.

Anschließend ziehen Sie wieder die Knie mit den Händen an den Bauch, sinken in den **Herzensraum** hinunter, atmen in den Kreuzbereich und breiten dann die Arme wieder seitlich am Boden aus mit den Handflächen nach oben. Bewegen Sie die geschlossenen Knie über den Bauch hinweg nach links und rechts. Der Kopf dreht dabei immer zur entgegengesetzten Seite. Wiederholen Sie die Übung viermal nach beiden Seiten.

Abschließend nehmen Sie die Knie wieder in die Hände und ziehen sie an den Bauch. Der Nacken ist lang. Sie sinken wieder in den **Herzensraum**, das Hohlkreuz sinkt zum Boden und Sie atmen wieder Lichtenergie in den Kreuzbereich hinein (das alte Kreuz des Leidens wird zu einem Lichtkreuz), heben dann den Kopf und drücken die Knie nach vorne gegen den Widerstand Ihrer Hände. Atmen Sie weiter in das Kreuz hinein. Nach einigen Atemzügen legen Sie dann den langen Nacken wieder auf den Boden, lassen jedoch die Hände noch an den Knien und lassen dabei alles locker. Atmen Sie weiter in den Kreuzbereich. Mit einer Ausatmung ziehen Sie die Knie nochmals zum Bauch. Der Kopf bleibt am Boden. Stellen Sie dann Ellenbogen und Beine an und lassen sie sanft am Boden ausgleiten.

9) Anspruchsvolle Hüftdehnung

Kommen Sie in die Rückenlage und stellen Sie beide Beine an. Fassen Sie das linke Knie und ziehen mit beiden Händen (unterhalb der Kniekehle) den Oberschenkel an den Bauch heran. Strecken Sie den Unterschenkel dann so weit nach oben aus, dass der Oberschenkel noch am Bauch liegen bleibt. Lassen Sie das rechte Bein nun langsam am Boden mit der Ferse ausgleiten und schieben Sie die Ferse dann möglichst noch etwas heraus. Der Kopf bleibt am Boden. Atmen Sie tief in den schmerzenden Bereich. Wiederholen Sie die Übung dann mit der anderen Seite.

10) V-Stellung

Kommen Sie in die Rückenlage. Ziehen Sie die Knie an den Bauch und öffnen sie. Legen Sie die Hände an die Innenseite der Oberschenkel und geben Sie leichten Druck darauf. Führen Sie die Übung anschließend mit gespreizten und gestreckten Beinen durch. Stellen Sie die Beine dann wieder an und lassen sie ausgleiten. Kommen Sie in die **Ruhelage**, atmen Sie nach und denken Sie **„Leichtigkeit"**.

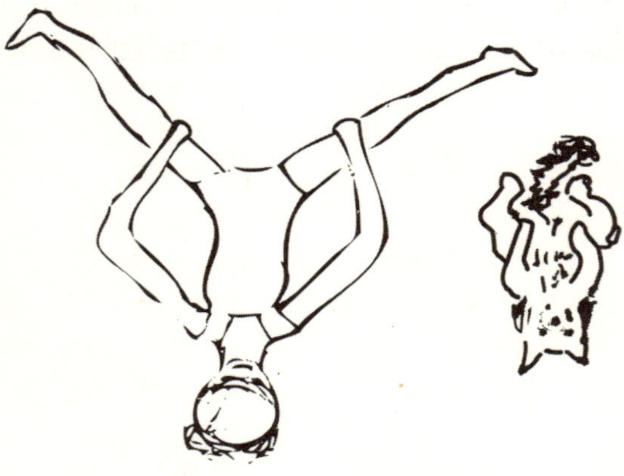

Sie können jederzeit auch nur die Hälfte des Übungsprogramms durchführen. Die Übungen 5, 6 und 7 sind dabei eine Einheit und sehr wichtig besonders für Becken, Hüfte und Wirbelsäule. Ich lege Ihnen allerdings sehr ans Herz, sich die Zeit für alle Übungen zu nehmen. Ihr Körper wird es Ihnen danken. Und Ihre Seele wird es genießen und Ihnen immer mehr Leichtigkeit schenken.

Bonus-Übung

Belohnen Sie sich mit einer abschließenden Bonus-Übung. Am besten setzen Sie sich auf einen Stuhl und stellen die Füße auf den Boden. Dann heben Sie die rechte Hüfte etwas an, schieben sie nach hinten, nach unten auf den Stuhl und wieder zurück. Führen Sie die Übung als eine fließende Kreisbewegung durch. Dann wechseln Sie zur anderen Seite. Wenn Sie die Übung noch mit angespanntem Po und hochgezogenem Beckenboden durchführen können, dann steht einer gesunden Hüfte nichts mehr im Wege, denn Beckenboden und Hüfte haben eine enge Beziehung zueinander.

Mit meinem Übungsprogramm habe ich im Urlaub sogar die türkischen Frauen begeistern können … und Tante Vim war überglücklich. Es gab sehr viel Spaß und manchmal bogen wir uns alle vor Lachen. Die Begeisterung konnte ich dann noch steigern mit türkischer Musik! Die Hände in die Hüften gestemmt, zogen wir rhythmisch erst fünfmal die rechte Hüfte hoch, dann die linke, dann viermal die rechte, dann die linke, dann dreimal die rechte, die linke, dann zweimal die rechte, die linke und dann rechts und links im Wechsel. Das ist eine fantastische Übung und macht großen Spaß – und ist genial für die Hüften.

TIPP: Versuchen Sie doch einmal, während des gesamten Übungsprogramms zu lächeln!

Einige der hier beschriebenen Übungen sind dem Buch *Hüftarthrose* von Maria Dieste mit ihrer freundlichen Erlaubnis entnommen (erschienen im Verlag Via Nova), das ich Ihnen sehr empfehle. Es ist ein großartiges Buch, das alle Ebenen und Perspektiven von Hüftproblemen in einer einzigartigen Vielseitigkeit beleuchtet.

Zum Abschluss noch ein Hinweis zur Ernährung

Tierisches Eiweiß, Fleisch, Eier und Milchprodukte haben großen Einfluss auf den Stoffwechsel und wirken sich sehr ungünstig auf die Gelenke aus. Lassen Sie diese Produkte einmal für längere Zeit weg und trinken Sie **jeden** Tag ein großes Glas Wasser, dem Sie zwei bis drei gehäufte Esslöffel extra fein gemahlene Braunhirse sowie jeweils eine Messerspitze der Gewürzmischung Cumin-Koriander-Muskatnuss und Nelkenpulver (im Reformhaus erhältlich) zufügen. Verrühren und trinken. Anstelle von Wasser können Sie auch Fruchtsaft verwenden. Braunhirse können Sie auch zum Andicken von Soßen nehmen, über den Salat streuen und in Suppen geben. Der Erfolg stellt sich manchmal schon nach einem Monat ein, die Schmerzen werden weniger und verschwinden nach mehreren Monaten häufig sogar ganz. In Kombination mit den Übungen ist dies ein reines Wundermittel! Der Versuch lohnt sich!

Danksagung

Ich danke allen Familienmitgliedern unseres „Focali-Clans“ für den großartigen Humor und die individuelle Einzigartigkeit, mit der jeder Einzelne zum Entstehen dieses Buches beigetragen hat. Ich liebe sie alle, gerade wegen ihrer umwerfenden Komik, die sie immer wieder in unser Leben hineinbringen und mit der sie es so bunt gestalten, frei nach dem altbewährten Motto: „Lachen ist die beste Medizin.“

Weitere Bücher aus dem Verlag Via Nova:

Durchbruch ins Licht

Gedichte der Zuversicht und der Hoffnung

Werner Vogel

Hardcover, 48 Seiten, 11 farbige Fotos, ISBN 978-3-86616-440-6

„Die Poesie von Werner Vogel ist wie fließendes Licht", so schreibt Barbara Schenkbier im Vorwort dieses wundervollen Gedichtbandes. Viel schöner kann man es kaum ausdrücken! Wenn Worte zu Licht werden und in unseren Herzen einen göttlichen Funken entzünden, dann erfüllen sie ihre allerhöchste Bestimmung, so wie die Gedichte von Werner Vogel. Sie sind ein Geschenk für alle, die von Sorgen, Ängsten und Nöten bedrängt werden, denn in ihnen erfahren sie das tröstende Licht der Hoffnung und Zuversicht. Und für all jene, die nach Selbsterkenntnis und göttlicher Wahrheit streben, werden die Verse zu hilfreichen lichterfüllten Wegbegleitern. Werner Vogels Gedichte sind Ausdruck der reinen Liebe und der alles verwandelnden göttlichen Kraft, es sind Worte aus Licht, die mitten ins Herz treffen.

Sein Bewusstsein auf eine höhere Seinsebene bringen

Geführte Meditationen

Werner Vogel

CD, Laufzeit: 70 Minuten, ISBN 978-3-86616-123-8

Die Grundübung aller spirituellen Wege ist die Meditation. Das Ziel der Meditation in allen spirituellen Traditionen ist die Erfahrung eines nicht-dualistischen Bewusstseinszustands. Um in den Zustand des Geistes in der bewussten Erfahrung des „ewigen Hier und Jetzt" zu kommen, bedarf es einer stufenweise aufgebauten Übungspraxis. Geführte Meditationen können helfen, den zerstreuten Geist zu sammeln und auszurichten. Dadurch kommt der Übende zur Ruhe und zur Erfahrung der inneren Stille. Der Geist beruhigt sich und wird klar wie die Oberfläche eines aufgewühlten Sees, auf dessen Grund man sehen kann. Schließlich tritt der Zustand der gesammelten inhaltslosen Wachheit im Geist ein und der Übende wird offen und frei für ein höheres Bewusstsein. In der CD werden 3 Meditationsübungen angeboten, teilweise unterlegt mit meditativer Musik.

Das kleine Buch der Meditation

12 geführte Reisen nach innen

Sonja Wiethölter

Klappenbroschur, 112 Seiten, 7 Fotos, ISBN 978-3-86616-457-4

Viele Menschen erkranken an der modernen Gesellschaft. Erfolgsdruck und Dauerstress strapazieren den Geist bis hin zu körperlichen Auswirkungen. Was wir brauchen, ist ein neuer Zugang zu uns selbst, ein Ventil für unsere Anspannung und Orientierung im Leben. Diese 12 meditativen Reisen entführen den Leser in eine phantastische Welt in seinem Inneren, ein Ort, an dem Erholung, Besinnung, Bewusstheit, neue Perspektiven und die Bedeutung der Selbstachtung erfahren werden können. In atemberaubenden Bildern von lauschigen Wäldern, steilen Gebirgsketten und weitläufigen Stränden zeichnet Sonja Wiethölter dem Leser einen Weg der Imagination, der ihn näher zu sich selbst führt.

Als ich verlor, was ich niemals war

Wie der Buddhismus mein Leben verändert hat

Matthias Dhammavaro Jordan

Klappenbroschur, 352 Seiten, ISBN 978-3-86616-474-1

Viele Menschen beschäftigen sich heute mit Buddhismus, Meditation und Achtsamkeit, doch nur sehr wenige Westeuropäer haben den Buddhismus je an seiner Quelle studiert. Matthias Dhammavaro Jordan ist einer dieser wenigen. 12 Jahre lebte er als buddhistischer Mönch in der Theravada-Waldtradition. In dem autobiografischen Buch beschreibt er seinen Weg in einsam gelegenen Waldklöstern Nordthailands, zu berühmten buddhistischen Lehrern, seinen Umgang mit fremden Kulturen, dem asketisch-klösterlichen Leben sowie seine intensiven inneren Prozesse und Meditationserfahrungen. Ein mitreißendes Leseerlebnis, voll spannender Stationen in Thailand, Sri Lanka, Kanada und Europa und tiefer Einsichten, Erkenntnisse und zeitloser Wahrheiten, dabei immer authentisch, berührend, voller Lebendigkeit und erfrischend ehrlich!

Dein Herz ruft nach Liebe

Wie deine Partnerschaft erblühen kann

Chuck Spezzano

Hardcover, 224 Seiten, ISBN 978-3-86616-390-4

Die Liebe – immer wieder die Liebe! Was sonst? Solange wir nicht vollkommen durchdrungen sind von dieser alles umfassenden Kraft, die jeden Moment strahlt, pulsiert und uns in ihrer ganzen Zartheit und Lebendigkeit erfüllt, so lange sind wir Lernende. Und erst, wenn unsere Herzen wirklich Quell des nicht endenden Lichts und Mitgefühls geworden sind, erst dann sind wir am Ziel, erst dann haben wir unsere wahre Bestimmung gefunden als wirkender Teil des Göttlichen. Der Autor öffnet uns Türen, zeichnet uns Wege, gibt uns Hinweise, Ausblicke, Inspirationen und nimmt uns an die Hand, um uns sicher durch das innere Labyrinth zu geleiten.

Auf dem Jakobsweg durch Frankreich

Gehen – singen – lauschen – staunen

Stefanie Spessart-Evers

Paperback, 208 Seiten, ISBN 978-3-86616-396-6

„...und alle Wege, zu denen der Mensch aufbricht, zeigen ihm an, dass sein ganzes Leben ein Weg ist, ein Pilgerweg zu Gott.", sagt Augustinus. Dieses Buch ist ein lebendiger Beleg für die Weisheit und Wahrhaftigkeit dieser Worte. Begleiten Sie die Autorin auf diesem Wege, der voller Zauber, Wunder und Intensität ist. Magische Momente im Innen wie im Außen, die Schönheit von Natur und Landschaft, berührende Begegnungen und wegweisende Einsichten verweben sich zu einer tiefgreifenden inneren Erfahrung, die das Herz und die Sinne öffnen für die Kostbarkeit alles Lebendigen. Vielleicht ist dieses Buch ja ein erster Schritt für Ihren ganz persönlichen Pilgerweg zu einem neuen Leben.

Wunder geschehen in jedem Augenblick

„Ein Kurs in Wundern" im Alltag und im Beruf
Mit einem Vorwort von Marianne Williamson
Emily Bennington

Paperback, 192 Seiten, ISBN 978-3-86616-425-3

Wenn sich spirituelles Gewahrsein und die so genannte Normalität des modernen Berufs- und Geschäftslebens miteinander verbinden, können wahre Wunder geschehen. Dass dies mehr als ein Allgemeinplatz ist, stellt die amerikanische Star-Coachin und Bestsellerautorin Emily Bennington in diesem Buch dar. Auf Basis des spirituellen Klassikers „Ein Kurs in Wundern", wirkungsvollen Achtsamkeitspraktiken und vieler ihrer eigenen bewährten Strategien zeigt die Autorin, wie Transformation konkret und praktisch im Alltag und in der Geschäftswelt gelebt werden kann. Dieser außergewöhnliche spirituelle Leitfaden beweist, dass persönliche Karriere, inneres Wachstum, äußerer Erfolg und positiver Bewusstseinswandel in der Welt ganz real werden können.

Umarme dein Leben, wie es ist

Nicht das Glück suchen, sondern glücklich sein
Jeff Foster

Paperback, 304 Seiten, ISBN 978-3-86616-421-5

Jeff Foster kennt die Wege und Irrwege der spirituellen Suche aus höchst eigener Erfahrung und sendet uns in diesem Buch inspirierende Botschaften aus dem unmittelbaren Erleben des Erwachens: Gedichte, Selbstreflektionen und Aufsätze, in denen jederzeit spürbar ist, wie sehr es ihm ein Herzensanliegen ist zu vermitteln, dass das „Ankommen im Jetzt" viel einfacher ist, als wir alle denken. Kann man wirklich in jedem Moment zur Ruhe kommen, ganz gleich, wie hoch die Wellen schlagen? Ja! Jeff Foster zeigt uns, dass das Geheimnis offen vor uns liegt: Vertraue auf die kreative Lebendigkeit und Intelligenz des eigenen Seins! Umarme dich und dein Leben, ganz gleich, wie es sich gerade gestaltet! Liebevoll, tiefgründig, heiter und poetisch - eine großartige Inspirationsquelle für spirituell Erwachte!